AF547580

RöLS
G Verlage

„Bücher sind wie Fallschirme. Sie nützen uns nichts, wenn wir sie nicht öffnen."

Gröls Verlag

Redaktionelle Hinweise und Impressum

Das vorliegende Werk wurde zugunsten der Authentizität sehr zurückhaltend bearbeitet. So wurden etwa ursprüngliche Rechtschreibfehler *nicht* systematisch behoben, denn kleine Unvollkommenheiten machen das Buch – wie im Übrigen den Menschen – erst authentisch. Mitunter wurden jedoch zum Beispiel Absätze behutsam neu getrennt, um den Lesefluss zu erleichtern.

Um die Texte zu rekonstruieren, werden antiquarische Bücher von Lesegeräten gescannt und dann durch eine Software lesbar gemacht. Der so entstandene Text wird von Menschen gegengelesen und korrigiert – hierbei treten auch Fehler auf. Wenn Sie ebenfalls antiquarische Texte einreichen möchten, finden Sie weitere Informationen auf www.groels.de

Viel Freude bei der Lektüre wünscht Ihnen das Team des Gröls-Verlags.

Adressen

Verleger: Sophia Gröls, Im Borngrund 26, 61440 Oberursel

Externer Dienstleister für Distribution & Herstellung: BoD, In de Tarpen 42, 22848 Norderstedt

Unsere „Edition | Werke der Weltliteratur“ hat den Anspruch, eine der größten und vollständigsten Sammlungen klassischer Literatur in deutscher Sprache zu sein. Nach und nach versammeln wir hier nicht nur die „üblichen Verdächtigen“ von Goethe bis Schiller, sondern auch Kleinode der vergangenen Jahrhunderte, die – zu Unrecht – drohen, in Vergessenheit zu geraten. Wir kultivieren und kuratieren damit einen der wertvollsten Bereiche der abendländischen Kultur. Kleine Auswahl:

Francis Bacon • Neues Organon • **Balzac** • Glanz und Elend der Kurtisanen • **Joachim H. Campe** • Robinson der Jüngere • **Dante Alighieri** • Die Göttliche Komödie • **Daniel Defoe** • Robinson Crusoe • **Charles Dickens** • Oliver Twist • **Denis Diderot** • Jacques der Fatalist • **Fjodor Dostojewski** • Schuld und Sühne • **Arthur Conan Doyle** • Der Hund von Baskerville • **Marie von Ebner-Eschenbach** • Das Gemeindekind • **Elisabeth von Österreich** • Das Poetische Tagebuch • **Friedrich Engels** • Die Lage der arbeitenden Klasse • **Ludwig Feuerbach** • Das Wesen des Christentums • **Johann G. Fichte** • Reden an die deutsche Nation • **Fitzgerald** • Zärtlich ist die Nacht • **Flaubert** • Madame Bovary • **Gorch Fock** • Seefahrt ist not! • **Theodor Fontane** • Effi Briest • **Robert Musil** • Über die Dummheit • **Edgar Wallace** • Der Frosch mit der Maske • **Jakob Wassermann** • Der Fall Maurizius • **Oscar Wilde** • Das Bildnis des Dorian Grey • **Émile Zola** • Germinal • **Stefan Zweig** • Schachnovelle • **Hugo von Hofmannsthal** • Der Tor und der Tod • **Anton Tschechow** • Ein Heiratsantrag • **Arthur Schnitzler** • Reigen • **Friedrich Schiller** • Kabale und Liebe • **Nicolo Machiavelli** • Der Fürst • **Gotthold E. Lessing** • Nathan der Weise • **Augustinus** • Die Bekenntnisse des heiligen Augustinus • **Marcus Aurelius** • Selbstbetrachtungen • **Charles Baudelaire** • Die Blumen des Bösen • **Harriett Stowe** • Onkel Toms Hütte • **Walter Benjamin** • Deutsche Menschen • **Hugo Bettauer** • Die Stadt ohne Juden • **Lewis Caroll** • *und viele mehr….*

William Shakespeare

Ende gut, alles gut

Übersetzung

Von

Wolf Graf von Baudissin

Inhalt

Personen

Der König von Frankreich

Der Herzog von Florenz

Bertram, Graf von Roussillon

Lafeu, ein Vasall des Königs

Parolles, Gesellschafter des Grafen

Mehrere junge französische Edelleute

Haushofmeister

Narr in Diensten der Gräfin von Roussillon

Ein Page

Die Gräfin von Roussillon

Helena, ihre Pflegetochter

Eine Witwe

Diana, deren Tochter

Violenta,
Mariana Dianas Freundinnen

Herren vom Hofe, Hauptleute, Soldaten

Die Szene teils in Frankreich, teils in Toskana

Erster Akt

Erste Szene

Roussillon. Zimmer im Schloß der Gräfin.

Es treten auf Bertram, die Gräfin von Roussillon, Helena und Lafeu, sämtlich in Trauer.

Gräfin. Indem ich meinen Sohn in die Welt schicke, begrabe ich einen zweiten Gemahl.

Bertram. Und ich, indem ich gehe, teure Mutter, beweine meines Vaters Tod aufs neue; aber ich muß dem Befehl des Königs gehorchen, dessen Mündel ich jetzt, so wie für immer sein Vasall bin.

Lafeu. Ihr, gnädige Frau, werdet an dem Könige einen Gemahl finden; Ihr, Graf, einen Vater. Er, der so unbedingt zu allen Zeiten gut ist, muß notwendig auch gegen Euch sich so bewähren, denn Euer Wert würde seine Tugend erwecken, selbst wenn sie mangelte; und um so weniger wird diese Euch entgehn, da er sie im Überfluß besitzt.

Gräfin. Was für Hoffnung hat man für die Besserung Seiner Majestät?

Lafeu. Er hat seine Ärzte verabschiedet, gnädige Frau, unter deren Behandlung er die Zeit mit Hoffnung verschwendet und in ihrem Verlauf nur das gewonnen hatte, daß er mit der Zeit auch die Hoffnung verlor.

Gräfin. Dieses junge Mädchen hatte einen Vater – (oh, dies ***hatte!*** – welcher traurige Gedanke liegt darin!) dessen Talent fast so groß war als seine Rechtschaffenheit. Wäre es ihr ganz gleichgekommen, es hätte die Natur unsterblich gemacht, und der Tod, aus Mangel an Arbeit, hätte sich dem Spiel ergeben. Ich wünschte um des Königs willen, er lebte noch; ich glaube, das würde für des Königs Krankheit der Tod sein.

Lafeu. Wie hieß der Arzt, von dem Ihr redet, gnädige Frau?

Gräfin. Er war in seiner Kunst hochberühmt, und zwar mit größtem Recht: Gerhard von Narbonne.

Lafeu. Allerdings war er ein vortrefflicher Mann, gnädige Frau; der König sprach noch neulich von ihm mit Bewundrung und Bedauern. Er war geschickt genug, um immer zu leben, wenn Wissenschaft gegen Sterblichkeit in die Schranken treten könnte.

Bertram. Und woran leidet der König, mein teurer Herr?

Lafeu. An einer Fistel, Herr Graf.

Bertram. Davon habe ich noch nie gehört.

Lafeu. Ich wollte, es wüßte niemand davon! – War dies junge Mädchen die Tochter Gerhards von Narbonne?

Gräfin. Sein einziges Kind, Herr Ritter, und meiner Aufsicht anvertraut. Ich hoffe, sie wird durch ihre Güte erfüllen, was ihre Erziehung verspricht; ihre Anlagen sind ihr angeerbt, und dadurch werden schöne Gaben noch schöner, denn wenn ein unlautres Gemüt herrliche Fähigkeiten besitzt, so lobt man, indem man bedauert; es sind Vorzüge und zugleich Verräter; in ihr aber stehen sie um so höher wegen ihrer Reinheit. Ihre Tugend ist ihr angestammt, ihre Herzensgüte hat sie sich erworben.

Lafeu. Eure Lobsprüche, gnädige Frau, entlocken ihr Tränen!

Gräfin. Das beste Salz, womit ein Mädchen ihr Lob würzen kann. Das Gedächtnis ihres Vaters kommt nie in ihr Herz, ohne daß die

Tyrannei ihres Kummers alle Farbe des Lebens von ihrer Wange nimmt. Nicht mehr so, meine Helena! Nicht so! damit man nicht glaube, du pflegst traurig zu scheinen, ohne es zu sein!

Helena. Allerdings pflege ich meine Trauer, aber ich ***bin*** auch traurig.

Lafeu. Gemäßigte Klage ist das Recht des Toten; übertriebener Gram der Feind des Lebenden.

Helena. Wenn der Lebende dem Gram erst feind ist, wird diesem das Übermaß bald tödlich werden.

Bertram. Teure Mutter, ich bitte um Euer Gebet für mich.

Lafeu *(indem er Helena ansieht).* Wie verstehn wir das?

Gräfin. Dich segn' ich, Bertram! gleiche deinem Vater
An Sinn wie an Gestalt; Blut so wie Tugend
Regieren dich gleichmäßig, deine Güte
Entspreche deinem Stamm. Lieb alle, wen'gen traue;
Beleid'ge keinen; sei dem Feinde furchtbar,
Durch Kraft mehr als Gebrauch; den Freund bewahre
So wie dein Herz. Laß dich um Schweigen tadeln,
Doch nie um Reden schelten. Was der Himmel
Dir sonst an Segen spenden und mein Beten
Erflehn mag, fall' auf dieses Haupt! Leb wohl! –
Mein Herr, noch nicht gereift zum Hofmann ist er,
Beratet ihn!

Lafeu. Was meine Lieb' vermag, sei ihm gewährt.

Gräfin. Der Himmel segne dich! Bertram, leb wohl! *(Ab.)*

Bertram *(zu Helena).* Die besten Wünsche, die in der Werkstatt Eurer Gedanken reifen können, mögen Euch dienstbar sein! Seid der Trost meiner Mutter, Eurer Gebieterin, und haltet sie wert!

Lafeu. Lebt wohl, schönes Kind! Ihr müßt den Ruhm Eures Vaters aufrechterhalten.

(Bertram und Lafeu gehen ab.)

Helena. Ach, wär's nur das! des Vaters denk ich kaum;
Und jener Großen Träne ehrt ihn mehr
Als seiner Tochter Gram. – Wie sah er aus?
Vergessen hab ich ihn; kein andres Bild
Wohnt mehr in meiner Phantasie – als Bertram.
Ich bin verloren! Alles Leben schwindet
Dahin, wenn Bertram geht. Gleichviel ja wär's,
Liebt' ich am Himmel einen hellen Stern
Und wünscht' ihn zum Gemahl; er steht so hoch!
An seinem hellen Glanz und lichten Strahl
Darf ich mich freun; in seiner Sphäre nie.
So straft sich selbst der Ehrgeiz meiner Liebe:
Die Hindin, die den Löwen wünscht zum Gatten,
Muß liebend sterben. O der süßen Qual,
Ihn stündlich anzusehn! Ich saß und malte
Die hohen Brau'n, sein Falkenaug', die Locken
In meines Herzens Tafel, allzu offen
Für jeden Zug des süßen Angesichts!
Nun ist er fort, und mein abgöttisch Lieben
Bewahrt und heiligt seine Spur. – Wer kommt? –
(Parolles tritt auf.)
Sein Reisefreund. – Ich lieb ihn seinethalb
Und kenn ihn doch als ausgemachten Lügner,
Ein gut Stück Narr und eine ganze Memme.
Doch dies bestimmte Böse macht ihn schmuck
Und hält ihn warm, indes stahlherz'ge Tugend

Im Frost erstarrt. Dem Reichtum, noch so schlecht,
Dient oft die Weisheit arm und nackt als Knecht.

Parolles. Gott schütz' Euch, meine Königin!

Helena. Und Euch, mein Sultan!

Parolles. Der? Nein!

Helena. Und ich auch nicht.

Parolles. Denkt Ihr über das Wesen des Jungfrauentums nach?

Helena. Ja, eben. Ihr seid so ein Stück von Soldaten; laßt mich Euch eine Frage tun. Die Männer sind dem Jungfrauentum feind, wie können wir's vor ihnen verschanzen?

Parolles. Weist sie zurück.

Helena. Aber sie belagern uns, und unser Jungfrauentum, wenn auch in der Verteidigung tapfer, ist dennoch schwach – lehrt uns einen kunstgerechten Widerstand.

Parolles. Alles vergeblich; die Männer, sich vor euch lagernd, unterminieren euch und sprengen euch in die Luft.

Helena. Der Himmel bewahre unser armes Jungfrauentum vor Minierern und Luftsprengern! Gibt's keine Kriegspolitik, wie Jungfrauen die Männer in die Luft sprengen könnten?

Parolles. Läßt sich denn ein vernünftiger Grund im Naturrecht nachweisen, das Jungfrauentum zu bewahren? Verlust des Jungfrauentums ist vielmehr

verständige Zunahme; und noch nie ward eine Jungfrau geboren, daß nicht vorher ein Jungfrauentum verloren ward. Das, woraus ihr besteht, ist Stoff, um Jungfrauen hervorzubringen. Euer Jungfrauentum ***ein***mal verloren, kann zehnmal wieder ersetzt werden; wollt ihr's immer erhalten, so geht's auf ewig verloren, es ist ein zu frostiger Gefährte: weg damit!

Helena. Ich will's doch noch ein wenig behaupten, und sollt' ich darüber als Mädchen sterben.

Parolles. Dafür läßt sich wenig sagen; es ist gegen die Ordnung der Natur. Die Partei des Jungfrauentums nehmen, heißt, seine Mutter anklagen; welches offenbare Empörung wäre. Einer, der sich aufhängt, ist wie solch eine Jungfrau; das Jungfrauentum gleicht einem Selbstmörder und sollte an der Heerstraße begraben werden, fern von aller geweihten Erde, wie ein tollkühner Frevler gegen die Natur. Das Jungfrauentum brütet Grillen, wie ein Käse Maden, zehrt sich ab bis auf die Rinde und stirbt, indem sich's von seinem eignen Eingeweide nährt. Überdem ist das Jungfrauentum wunderlich, stolz, untätig, aus Selbstliebe zusammengesetzt, welches die verpönteste Sünde in den zehn Geboten ist. Behaltet's nicht; Ihr könnt gar nicht anders als dabei verlieren. Leiht es aus, im Lauf eines Jahrs habt Ihr zwei für eins; das ist ein hübscher Zins, und das Kapital hat nicht sehr dadurch abgenommen. Fort damit!

Helena. Was aber tun, um es anzubringen nach eignem Wohlgefallen?

Parolles. Laßt sehn! ei nun, leiden vielmehr, um dem wohlzugefallen, dem es gefällt. Es ist eine Ware, die durchs Liegen allen Glanz verliert; je länger aufbewahrt, je weniger wert. Fort damit, solange es noch verkäuflich ist. Nutzt die Zeit der Nachfrage! Das Jungfrauentum, wie eine welke Hofdame, trägt noch seine Mütze, wenn sie schon außer Mode ist; reich aufgeputzt, aber unkleidsam wie eine Brosche, wie ein Zahnstocher, die kein Mensch mehr trägt. Die Jahreszahl macht sich besser auf einer Weinflasche als auf Eurem Gesicht; und die

Jungfernschaft, die welke Jungfernschaft, ist wie eine verhotzelte französische Birne; sieht schlecht aus und schmeckt trocken; 's ist eine Backbirne; sie war früher besser; aber jetzt, wahrhaftig, ist's eine verhotzelte Backbirne. Was wollt Ihr damit machen?

Helena. Mit meiner Jungfernschaft – fürs erste nichts.
Nun warten tausend Liebsten deines Herrn,
Eine Mutter – eine Freundin – eine Braut –
Ein Phönix – eine Feindin und Monarchin –
Göttin und Führerin und Königin,
Ratgeberin, Verräterin und Liebchen,
Demüt'ger Ehrgeiz und ehrgeiz'ge Demut,
Harmon'sche Dissonanz, verstimmter Einklang
Und Treu' und süßer Unstern; und so nennt er
'ne Unzahl art'ger, holder Liebeskinder,
Die Amor aus der Taufe hebt. – Nun wird er –
Ich weiß nicht, was er wird – Gott send' ihm Heil;
Es lernt sich viel am Hof; und er ist einer ...

Parolles. Nun, was für einer?

Helena. Mit dem ich's gut gemeint; und schade ist's ...

Parolles. Um was?

Helena. Daß unserm Wunsch kein Körper ward verliehn,
Der fühlbar sei; damit wir Ärmeren,
Beschränkt von unserm neid'schen Stern auf Wünsche,
Mit ihrer Wirkung folgten dem Geliebten,
Und er empfände, wie wir sein gedacht,
Wofür uns kaum ein Dank wird.

(Ein Page tritt auf.)

Page. Monsieur Parolles, der Graf läßt Euch rufen. *(Ab.)*

Parolles. Kleines Helenchen, leb wohl! Wenn ich mich auf dich besinnen kann, will ich deiner am Hofe gedenken.

Helena. Monsieur Parolles, Ihr seid unter einem liebreichen Stern geboren.

Parolles. Unterm Mars!

Helena. Das hab ich immer gedacht: ***unterm*** Mars.

Parolles. Warum ***unterm*** Mars?

Helena. Der Krieg hat Euch immer so heruntergebracht, daß Ihr notwendig unterm Mars müßt geboren sein.

Parolles. Als er am Himmel dominierte.

Helena. Sagt lieber, als er am Himmel retrogradierte.

Parolles. Warum glaubt Ihr das?

Helena. Ihr geht immer so sehr rückwärts, wenn Ihr fechtet!

Parolles. Das geschieht um meines Vorteils willen.

Helena. So ist's auch mit dem Weglaufen, wenn Furcht die Sicherheit empfiehlt. Aber die Mischung, die Eure Tapferkeit und Eure Furcht in Euch hervorbringen, ist eine schönbeflügelte Tugend, und die Euch wohl ansteht.

Parolles. Ich bin so voller Geschäfte, daß ich dir nicht gleich spitzig antworten kann. Ich kehre zurück als ein vollkommner Hofmann, dann soll mein Unterricht dich hier naturalisieren, wenn du anders für eines Hofmanns Geheimnis empfänglich bist und begreifen willst, was weiser Rat dir mitteilt; wo nicht, so stirb dann in deiner Undankbarkeit, und deine Unwissenheit raffe dich hinweg. Leb wohl! Wenn du Zeit hast, sprich dein Gebet; wenn du keine hast, denk an deine Freunde. Schaff dir einen guten Mann und halte ihn, wie er dich hält, und so leb wohl! *(Ab.)*

Helena. Oft ist's der eigne Geist, der Rettung schafft,
Die wir beim Himmel suchen. Unsrer Kraft
Verleiht er freien Raum, und nur dem Trägen,
Dem Willenlosen stellt er sich entgegen.
Mein Liebesmut die höchste Höh' ersteigt,
Doch naht mir nicht, was sich dem Auge zeigt.
Des Glückes weitsten Raum vereint Natur,
Daß sich das Fernste küßt wie Gleiches nur.
Wer klügelnd abwägt und dem Ziel entsagt,
Weil er vor dem, was nie geschehn, verzagt,
Erreicht das Größte nie. Wann rang nach Liebe
Ein volles Herz und fand nicht Gegenliebe?
Des Königs Krankheit – täuscht mich nicht, Gedanken;
Ich halte fest und folg euch ohne Wanken. *(Ab.)*

Zweite Szene

Paris. Zimmer im Palast des Königs.

Trompeten und Zinken. Der König von Frankreich, einen Brief in der Hand, und mehrere Edelleute treten auf.

König. Florenz und Siena sind schon handgemein;
Die Schlacht blieb unentschieden, und der Krieg
Wird eifrig fortgesetzt.

Erster Edelmann. So wird erzählt.

König. So weiß man's schon gewiß. Hier meldet Uns
Die sichre Nachricht Unser Vetter Östreich
Und fügt hinzu, wie Uns um schnellen Beistand
Florenz ersuchen wird; es warnt zugleich
Mein teurer Freund Uns im voraus und hofft,
Wir schlagen's ab.

Erster Edelmann. Sein Rat und seine Treu',
So oft erprobt von Eurer Majestät,
Verdienen vollen Glauben.

König. Er bestimmt Uns:
Florenz ist abgewiesen, eh' es wirbt.
Doch Unsern Rittern, die sich schon gerüstet
Zum Feldzug in Toskana, stell ich frei,
Nach ihrer Wahl hier oder dort zu fechten.

Zweiter Edelmann. Erwünschte Schule unsrer edlen Jugend,
Die sich nach Krieg und Taten sehnt.

König. Wer kommt?

(Bertram, Lafeu und Parolles treten auf.)

Erster Edelmann. Graf Roussillon, mein Fürst, der junge Bertram.
–

König. Jüngling, du trägst die Züge deines Vaters.
Die gütige Natur hat wohlbedacht,
Nicht übereilt, dich schön geformt. Sei drum
Auch deiner väterlichen Tugend Erbe!
Willkommen in Paris.

Bertram. Mein Dienst und Dank sind Eurer Majestät.

König. O hätt' ich jetzt die Fülle der Gesundheit,
Als da dein Vater und ich selbst in Freundschaft

Zuerst als Krieger uns versucht! Den Dienst
Der Zeiten hatt er wohl studiert und war
Der Bravsten Schüler. Lange hielt er aus;
Doch welkes Alter überschlich uns beide
Und nahm uns aus der Bahn. Ja, es erquickt mich,
Des Edlen zu gedenken. – In der Jugend
Hatt' er den Witz, den ich wohl auch bemerkt
An unsern jetz'gen Herrn; nur scherzen die,
Bis stumpf der Hohn zu ihnen wiederkehrt,
Eh' sie den leichten Sinn in Ehre kleiden.
Hofmann so echt, daß Bitterkeit noch Hochmut
Nie färbten seine Streng' und seinen Stolz:
Geschah's, so war's nur gegen seinesgleichen.
Und seine Ehre zeigt' als treue Uhr
Genau den Punkt, wo Zeit ihn reden hieß,
Und dann gehorcht' ihr Zeiger seiner Hand. Geringre
Behandelt' er als Wesen andrer Art;
Beugt ihrer Niedrigkeit den hohen Wipfel,
Daß sie sich stolz durch seine Demut fühlten,
Wie er herabstieg in ihr armes Lob!
Solch Vorbild mangelt diesen jungem Zeiten;
Und wär' es da, so zeigt' es uns zu sehr
Als rückwärts Schreitende.

Bertram. Sein guter Nachruhm
Glänzt mehr von Eurem Mund als seinem Grabe;
So rühmlich preist ihn nicht sein Epitaph,
Als Euer königliches Wort.

König. O daß ich mit ihm wär'! Er sagte stets
(Mich dünkt, ich hör ihn noch; sein goldnes Wort
Streut' er nicht in das Ohr, er pflanzt' es tief,

Damit es keim' und reife): „Ich mag nicht leben" –
So sagt' er oft in liebenswertem Ernst
Im letzten Akt und Schluß des Zeitvertreibs,
Wenn man sich trennte, „ich mag nicht leben", sprach er,
„Wenn's meiner Flamm' an Öl gebricht, als Schnuppe
Der jungen Welt, die mit leichtfert'gem Sinn
Nichts als das Neue liebt; die ihren Ernst
Allein auf Moden lenkt; bei der die Treue
Mit ihren Trachten wechselt." Also wünscht' er.
Ich, scheidend, wünsche wie der Abgeschiedne,
Weil ich nicht Wachs noch Honig bringe heim,
Recht bald erlöst zu sein aus meinem Stock,
Raum gönnend Jüngern.

Zweiter Edelmann. Sire, Euch liebt das Volk,
Wer Euch verkennt, wird Euch am meisten missen.

König. Ich füll 'nen Platz, ich weiß. – Wie lang ist's, Graf,
Seit Eures Vaters Arzt gestorben ist?
Man rühmt' ihn sehr.

Bertram. Sechs Monat sind's, mein Fürst.

König. Lebt' er noch, hätt' ich's doch mit ihm versucht.
– Gebt mir den Arm! – Die andern schwächten mich
Durch mancherlei Behandlung; mag's Natur
Und Krankheit nun entscheiden. – Willkommen, Graf! –
Mein Sohn ist mir nicht teurer.

Bertram. Dank, Eu'r Hoheit! –

(Trompetenstoß. Alle gehn ab.)

Dritte Szene

Roussillon. Zimmer im Schloß der Gräfin.

Es treten auf die Gräfin, der Haushofmeister und der Narr.

Gräfin. Jetzt will ich Euch anhören. – Nun, was sagt Ihr von dem jungen Fräulein?

Haushofmeister. Gnädige Gräfin, ich wünschte, die Sorgfalt, die ich angewandt, Euer Verlangen zu

befriedigen, möchte in den Kalender meiner früheren Bemühungen eingetragen werden; denn wenn wir selbst sie bekannt machen, verwunden wir unsre Bescheidenheit und trüben die helle Reinheit unsrer Verdienste.

Gräfin. Was will der Schelm hier? Fort mit Euch, Freund! – Ich will nicht allen Beschwerden glauben, die gegen Euch verlauten; es ist meine Trägheit, daß ich's nicht tue, denn ich weiß, es fehlt Euch nicht an Torheit, solche Schelmstücke zu unternehmen, und Ihr seid geschickt genug, sie auszuführen.

Narr. Es ist Euch nicht unbekannt, gnädige Frau, daß ich ein armer Teufel bin.

Gräfin. Nun gut!

Narr. Nein, gnädige Frau, das eben ist nicht gut, daß ich arm bin (obschon viele von den Reichen zur Hölle fahren), aber wenn Elsbeth es nur bei Euer Gnaden erreicht, daß Ihr sie unter die Haube bringen helft, so wollen wir schon sehn, wie-wir als Mann und Frau zusammen fortkommen.

Gräfin. Willst du denn mit Gewalt ein Bettler werden?

Narr.. Ich bettle nur um Eure gnädige Einwilligung in diese Sache.

Gräfin. In welche Sache?

Narr. In Elsbeths Sache und meine eigne. Dienst ist keine Erbschaft, und ich denke, ich gelange nicht zu Gottes Segen, bis ich Nachkommenschaft sehe; denn, wie die Leute sagen: Kinder sind ein Segen Gottes.

Gräfin. Sag mir den Grund, warum du heiraten willst.

Narr. Mein armes Naturell, gnädige Frau, verlangt es. Mich treibt mein Fleisch dazu, und wen der Teufel treibt, der muß wohl gehn.

Gräfin. Und das ist alle Ursach', die Eu'r Gnaden hat?

Narr. Die Wahrheit zu sagen, ich habe noch andre heilige Ursachen, wie sie nun so sind.

Gräfin. Darf die Welt sie wissen?

Narr. Ich bin eine sündige Kreatur gewesen, gnädige Frau, gerade wie Ihr und wie alles Fleisch und Blut; und mit einem Wort, ich will heiraten, damit ich bereuen könne.

Gräfin. Deine Heirat mehr als deine Sündhaftigkeit!

Narr. Es fehlt mir an Freunden, gnädige Frau, und ich hoffe, um meiner Frau willen Freunde zu finden.

Gräfin. Solche Freunde sind deine Feinde, Bursch!

Narr. Ihr versteht Euch wenig auf gute Freunde, gnädige Frau, denn die Schelme werden das für mich tun, was mir zuviel wird. Wer mein Land ackert, spart mir mein Gespann und schafft mir Zeit, die Frucht unter Dach zu bringen; wenn ich sein Hahnrei bin, ist er mein Knecht. Wer mein Weib tröstet, sorgt für mein Fleisch und Blut; wer für mein Fleisch und Blut sorgt, liebt mein Fleisch und Blut; wer mein Fleisch und Blut liebt, ist mein Freund: ergo wer meine Frau küßt, ist mein Freund. Wären die Leute nur zufrieden, das zu sein, was sie einmal sind, so gäbe es keine Skrupel in der Ehe. Denn Charbon, der junge Puritaner, und Meister Poysam, der alte Papist, wie verschieden ihre Herzen auch in der Religion sind, läuft's doch mit ihren Köpfen auf eins hinaus; sie können sich mit ihren Hörnern knuffen, so gut wie irgendein Bock in der Herde.

Gräfin. Willst du immer ein frecher, verleumderischer Schelm bleiben?

Narr. Ein Prophet, gnädige Frau; ich rede die Wahrheit ohne Umschweif.

> Gedenkt nur an das alte Lied,
> Es gilt noch heut wie gestern;
> Was einmal sein soll, das geschieht,
> Der Kuckuck sucht nach Nestern.

Gräfin. Geht nur, Freund, ich will die Sache ein andermal mit Euch verhandeln.

Haushofmeister. Wär' es Euer Gnaden nicht gefällig, daß er Helena zu Euch riefe; ich wollte von ihr reden.

Gräfin. Freund, geh und sag dem jungen Fräulein, ich wolle sie sprechen; ich meine Helena.

Narr *(singt).*
Verdient die Schöne, sprach sie dann,
Daß Troja ward zerstört?
O Narretei, o Narretei,
Herr Priam ward betört!
Worauf sie seufzt und weinen tut,
Worauf sie seufzt und weinen tut,
Und spricht: da könnt ihr sehn,

Ist von neun Schlimmen-eine gut,
Ist von neun Schlimmen eine gut,
Ist's eine doch von zehn.

Gräfin. Was? Eine gut von zehn? du verdrehst ja das Lied, Bursch.

Narr. Eine gute Frau unter zehnen, Gräfin, das heißt ja die Ballade verbessern. Wollte Gott nur alle Jahr' so viel tun, so hätte ich über die Weiberzehnten nicht zu klagen, wenn ich der Pfarrer wäre. Eine unter zehnen? Das glaub ich! Wenn uns nur jeder Komet eine gute Frau brächte, oder jedes Erdbeben, so stände es schon ein gut Teil besser um die Lotterie; jetzt kann sich einer das Herz aus dem Leibe ziehn, ehe er eine trifft.

Gräfin. Werdet Ihr bald gehn, Herr Taugenichts, und tun, was ich Euch befahl?

Narr. Daß ein Mann einer Evastochter gehorchen muß, und es erfolgt kein Ärgernis! Zwar ist Ehrlichkeit kein Puritaner, aber dennoch soll sie diesmal kein Ärgernis geben und den weißen Chorrock der Demut über dem schwarzen Priesterkleide ihres unmutigen Herzens tragen. Ich gehe, verlaßt Euch drauf; ich soll an Helena sagen, hierherzukommen. *(Ab.)*

Gräfin. Nun, also?

Haushofmeister. Ich weiß, gnädige Frau, Ihr liebt Euer Fräulein von Herzen.

Gräfin. Allerdings; ihr Vater hinterließ sie mir, und sie selbst kann, abgesehn von ihren Vorzügen, mit allem Recht auf so viel Liebe Anspruch machen, als sie bei mir findet. Ich bin ihr mehr schuldig, als ich ihr zahle, und werde ihr mehr zahlen, als sie fordern wird.

Haushofmeister. Gnädige Frau, ich war ihr neulich näher, als sie vermutlich wünschen mochte; sie war allein und sprach mit sich selbst, ihr eignes Wort ihrem eignen Ohr. Sie glaubte, das darf ich wohl beschwören, es werde von keinem Fremden vernommen. Der Inhalt war: sie liebe Euern Sohn. Fortuna, sagte sie, sei keine Göttin, weil sie eine so weite Kluft zwischen ihren Verhältnissen errichtet habe; Amor kein Gott, weil er seine Macht nicht weiter ausdehne als auf gleichen Stand; Diana keine Königin der Jungfrauen, weil sie zugebe, daß ihre armen Nymphen überrascht werden, ohne Schutzwehr für den ersten Angriff, noch Entsatz im ferneren Kampf. Dies klagte sie mit dem Ausdruck des bittersten Schmerzes, in dem ich je ein Mädchen habe weinen hören. Ich hielt es für meine Pflicht, Euch eiligst davon zu unterrichten, sintemal, wenn hieraus ein Unglück entstehen sollte, es Euch gewissermaßen wichtig ist, vorher davon zu erfahren.

Gräfin. Ihr habt dies mit Redlichkeit ausgerichtet, behaltet's nun für Euch. Schon vorher hatten mich manche Vermutungen hierauf geführt; sie hingen aber so schwankend in der Waagschale, daß ich weder glauben noch zweifeln konnte. Ich bitte Euch, verlaßt mich nun. Verschließt dies alles in Eurer Brust, und ich danke Euch für Eure redliche Sorgfalt; ich will hernach weiter mit Euch darüber sprechen.

(Haushofmeister ab.)

So mußt' ich's, als ich jung war, auch erleben.
Natur verlangt ihr Recht; der scharfe Dorn
Ward gleich der Jugendrose mitgegeben,
Die Leidenschaft quillt aus des Blutes Born.
Natur bewährt am treusten ihre Kraft,
Wo Jugend glüht in starker Leidenschaft;
Und denk ich jetzt der Fehl' in vor'gen Stunden,
Hab ich den Irrtum damals nicht gefunden. –

(Helena tritt auf.)
Es macht ihr Auge krank, ich seh es wohl.

Helena. Was wünscht Ihr, gnäd'ge Frau?

Gräfin. Du weißt, mein Kind, ich bin dir eine Mutter.

Helena. Meine verehrte Herrin!

Gräfin. Eine Mutter –

Warum nicht Mutter? bei dem Worte: „Mutter“
Schien's, eine Schlange sähst du. Wie erschreckt dich
Der Name Mutter? Ich sage, deine Mutter,
Und trage dich in das Verzeichnis derer,
Die ich gebar. Wetteifern sehn wir oft
Pflegkindschaft mit Natur, und wundersam
Eint sich der fremde Zweig dem eignen Stamm;
Mich quälte nie um dich der Mutter Ächzen,
Doch zahlt' ich dir der Mutter Liebe dar –
Ums Himmels willen, Kind! Erstarrt dein Blut,
Weil ich dich grüß als Mutter? Sag, wie kommt's,
Daß dir die kranke Heroldin des Weinens,
Die mannigfarb'ge Iris, kränzt dein Auge?
Weil du mir Tochter bist?

Helena. Das bin ich nicht!

Gräfin. Bin ich nicht deine Mutter?

Helena. Ach, verzeiht!
Graf Roussillon kann nie mein Bruder sein;
Ich bin von niederm, er vom höchsten Blut;
Mein Stamm gering, der seine hochberühmt.
Er ist mein Herr und Fürst, mein ganzes Leben

Hab ich als Dienerin ihm treu ergeben.
Nennt ihn nicht meinen Bruder ...

Gräfin. Und mich nicht Mutter?

Helena. Ja, meine Mutter seid Ihr. Wärt Ihr doch
(Müßt' Euer Sohn nur nicht mein Bruder sein)
Ganz meine Mutter; wärt uns beiden Mutter,
Das wünscht' ich, wie ich mir den Himmel wünsche –
Nur ich nicht seine Schwester! Ist's nur dann vergönnt,
Wenn er mir Bruder wird, daß Ihr mich Tochter nennt?

Gräfin. Wohl, Helena;
Du könntest meine Schwiegertochter sein. –
Hilf Gott! du denkst es wohl? Mutter und Tochter
Stürmt so auf deinen Puls. Nun wieder bleich?
Mein Argwohn hat dein Herz durchschaut; nun ahn ich
Das Rätsel deiner Einsamkeit, die Quelle
Der bittern Tränen, offenbar nun seh ich,
Du liebst ihn, meinen Sohn. Verstellung schämt sich,
Dem lautern Ruf der Leidenschaft entgegen,
Mir nein zu sagen; darum sprich die Wahrheit,
Sag mir, so ist's; denn deine Wangen, Kind,
Bekennen's gegenseitig; deine Augen
Sehn es so klar in deinem Tun geschrieben,
Daß sie vernehmlich reden; nur die Zunge
Fesseln dir Sünd' und höll'scher Eigensinn,
Die Wahrheit noch zu hehlen. Ist's nicht so?
Wenn's ist, so schürztest du 'nen wackern Knoten!
Ist's nicht, so schwöre: Nein. Doch wie's auch sei,
Wie Gott mir helfen mag, dir beizustehn,
Ich fordre, daß du Wahrheit sagst.

Helena. Verzeihung!

Gräfin. Sprich! Liebst du Bertram?

Helena. Teure Frau, verzeiht!

Gräfin. Liebst du ihn?

Helena. Gnäd'ge Frau, liebt Ihr ihn nicht?

Gräfin. Das frag ich nicht. Ich habe Pflicht und Grund
Vor aller Welt für mein Gefühl. Nun wohl!
Entdecke mir dein Herz; denn allzu laut
Verklagt dich deine Unruh'.

Helena. So bekenn ich
Hier auf den Knien vor Euch und Gott dem Herrn,
Daß ich vor Euch und nächst dem Herrn des
Himmels Ihn einzig liebe. Arm, doch tugendhaft
War mein Geschlecht, so ist mein Lieben auch.
Seid nicht erzürnt, es bringt ihm keine Kränkung,
Von mir geliebt zu sein. Nie offenbart' ich
Ein Zeichen ihm zudringlicher Bewerbung;
Ich wünsch ihn nicht, eh' ich ihn mir verdient,
Und ahne nicht, wie ich ihn je verdiente!
Ich weiß, ich lieb umsonst, streb ohne Hoffnung;
Und doch, in dies unhaltbar lockre Sieb
Gieß ich beständig meiner Liebe Flut,
Die nimmer doch erschöpft wird. Gleich dem Indier
Gläubig in frommem Wahne flehend, ruf ich
Die Sonne an, die auf den Beter schaut,
Ohne von ihm zu wissen. Teure Herrin,
Laßt Euren Haß nicht meine Liebe treffen,
Weil sie dasselbe liebt wie Ihr. Nein, habt Ihr
(Eu'r würdig Alter bürgt die lautre Jugend)

Jemals in solcher reinen Glut der Neigung
Treulich geliebt und keusch gehofft (daß Diana
Eins schien mit Eurer Lieb'), o dann hegt Mitleid
Für sie, die ohne Wahl und Hoffnung liebt,
Alles verlierend, stets von neuem gibt,
Nie zu besitzen hofft, wonach sie strebt,
Und rätselgleich in süßem Sterben lebt.

Gräfin. Warst du nicht neulich willens, nach Paris
Zu reisen? Sprich die Wahrheit.

Helena. Gnäd'ge Frau,
Das war ich.

Gräfin. Und in welcher Absicht? Sag mir's.

Helena. So hört. Ich schwör's Euch bei der ew'gen Gnade!
Ihr wißt, mein Vater ließ Vorschriften mir
Von seltner Wunderkraft; wie seiner Forschung
Vielfache Prüfung als untrüglich sie
Bewährt erfand. Die hat er mir vererbt,
Sie in geheimster Obhut zu bewahren,
Als Schätze, deren Kern und innrer Wert
Weit über alle Schätzung. Unter diesen
Ist ein Arkan verzeichnet, viel erprobt,
Als Gegenmittel jener Todeskrankheit,
An der der König hinwelkt.

Gräfin. Dies bestimmte
Dich, nach Paris zu gehn?

Helena. Der junge Graf ließ mich daran gedenken, Sonst hätten wohl Paris, Arznei und König
In meiner Seele Werkstatt keinen Eingang
Gefunden.

Gräfin. Glaubst du wirklich, Helena,
Wenn du ihm dein vermeintes Mittel bötst,
Er werd' es nehmen? – Er und seine Ärzte
Sind eines Sinns: Er, keiner könn' ihm helfen,
Sie: keine Hilfe gäb's. Wie trauten sie
'nem armen Mädchen, wenn die Schule selbst
In ihrer Weisheit Dünkel die Gefahr
Sich selber überläßt?

Helena. Mich treibt ein Glaube
Mehr noch als meines Vaters Kunst (des größten
In seinem Fach), daß sein vortrefflich Mittel,
Auf mich vererbt, von glücklichen Gestirnen
Geheiligt werden soll, und will Eu'r Gnaden
Mir den Versuch gestatten, setz ich gern
Mein Haupt zum Unterpfand für unsres Herrn Genesung zur bestimmten Zeit.

Gräfin. Das glaubst du?

Helena. Ja, gnäd'ge Frau, gewißlich.

Gräfin. Nun, wohlan!
So geb ich Urlaub dir und Liebe mit,
Geld und Gefolg und Gruß an meine Freunde
Am Hofe dort. Ich bleib indes daheim
Und fleh um Gottes Segen für dein Werk.
Auf morgen geh; und glaub mit Zuversicht,
Wo ich's vermag, fehlt dir mein Beistand nicht.

(Beide gehn ab.)

Zweiter Akt

Erste Szene

Paris. Saal im Palast des Königs.

Es treten auf der König von Frankreich, mehrere junge Edelleute, Bertram und Parolles. Trompeten und Zinken.

König. Lebt wohl, Herr; diese kriegrische Gesinnung
Haltet mir fest. Auch Ihr, Herr, lebet wohl!
Teilt unter euch den Rat; nimmt jeder alles,
Dehnt sich die Gabe den Empfängern aus
Und reicht für beide hin.

Erster Edelmann. Wir hoffen, Herr,
Als wohlversuchte Krieger heimzukehren
Und Eure Majestät gesund zu finden.

König. Nein, nein, das kann nicht sein. Doch will mein Herz
Sich nicht gestehn, daß es die Krankheit hegt,
Die meinem Leben droht. Geht, junge Ritter!
Leb ich nun oder sterbe, seid die Söhne
Würd'ger Franzosen. Zeigt dem obern Welschland,
Den Ausgearteten, die nur den Fall
Der letzten Monarchie geerbt, ihr kämet
Als Freier nicht – nein, als der Ehre Buhlen,
Und wo der Bravste zagt, erringt das Ziel,
Daß Fama laut von euch erschall'. Lebt wohl!

Zweiter Edelmann. Heil Euch, mein König! ganz nach Euerm Wunsch!

König. Die welschen Mädchen – seid auf eurer Hut!
Der Franke, sagt man, kann, was sie verlangen,

Nicht weigern. Werdet nicht Gefangene,
Bevor ihr dientet.

Beide. Dank für Eure Warnung!

König. Lebt wohl! – Kommt her zu mir.

(Der König legt sich auf ein Ruhebett.)

Erster Edelmann. O lieber Graf, daß Ihr nicht mit uns zieht!

Parolles. Schad' um den jungen Degen!

Zweiter Edelmann. Edler Krieg!

Parolles. Höchst glorreich. Schon erlebt' ich solchen Krieg.

Bertram. Man hält mich fest – und stets das alte Lied:
Zu jung; und künftig Jahr; und noch zu früh!

Parolles. Treibt dich das Herz, mein Sohn, so stiehl dich weg.

Bertram. Man will, ich soll den Weiberknecht agieren, Hier auf dem Estrich meine Schuh' vernutzend, Bis. Ehre weggekauft, kein Schwert getragen
Als nur zum Tanz! – Weiß Gott, ich stehl mich weg!

Erster Edelmann. Der Diebstahl brächt' Euch Ruhm.

Parolles. Begeht ihn, Graf.

Zweiter Edelmann. Ich mach Halbpart mit Euch; und so lebt wohl!

Bertram. Ich bin so sehr der Eure, daß unsre Trennung einem gefolterten Körper gleicht.

Erster Edelmann. Lebt wohl, Hauptmann.

Zweiter Edelmann. Teurer Monsieur Parolles ...

Parolles. Edle Paladine, mein Schwert und das eure sind Blutsfreunde, treffliche Degen und junge Recken. Ein Wort, meine Phönixe; im Regiment der Spini werdet ihr einen Hauptmann Spurio finden, mit einer Narbe, einem Kriegsemblem, hier auf seiner linken Wange, diese gute Klinge grub sie ein. Sagt ihm, ich lebe, und beachtet, was er von mir aussagen wird.

Zweiter Edelmann. Das wollen wir, edler Hauptmann.

(Die beiden Edelleute gehn ab.)

Parolles. Mars verschwende seine Gunst an euch, seine Novizen! – Nun, was wollt Ihr tun?

Bertram. Bleiben. – Der König ...

Parolles. Ihr solltet gegen diese edeln Kavaliere ein ausdrucksvolleres Zeremoniell annehmen. Ihr aber beschränkt Euch in den Grenzen eines allzu kaltsinnigen Abschieds. Zeigt ihnen mehr Entgegenkommen; denn sie schwimmen obenauf in der Strömung der Zeit. Sie sind die vollkommenen Meister des echten Gehens, Essens und Redens und bewegen sich unter dem Einfluß des anerkanntesten Gestirns. Und wäre der Teufel ihr Vortänzer, man muß ihnen dennoch nachfolgen. Darum nach! und nehmt einen förmlicheren Abschied!

Bertram. Das will ich tun!

Parolles. Allerliebste Bursche! Und gewiß mit der Zeit recht herkulische Haudegen!

(Sie gehn ab.)
(Lafeu tritt auf.)

Lafeu *(kniend).*
Verzeihn, mein Fürst, für mich und meine Botschaft!

König. Dein Aufstehn sei die Zahlung!

Lafeu. Wohl! hier steh ich
Und kaufe mir Verzeihn. Ich wünschte, Sire,
Ihr hättet hier gekniet, um mich zu bitten,
Und könntet aufstehn, wenn ich's Euch geheißen.

König. Ich gleichfalls! dann zerschlug' ich dir den Kopf
Und bät' dich um Verzeihung.

Lafeu. Kreuzweis wohl gar? Doch, teurer Herr, erlaubt,
Wünscht Ihr geheilt zu sein von Eurer Krankheit?

König. Nein.

Lafeu. Wollt Ihr nicht die schönen Trauben essen,
Mein königlicher Fuchs? O ja, Ihr wollt;
Wenn nur mein königlicher Fuchs die Trauben
Erreichen könnt'! – Ich hab Arznei gesehn,
Die hauchte wohl den Steinen Leben ein,
Brächt' einen Fels in Gang und macht' Euch selbst
Gaillarden tanzen flink und leicht; berührt
Von ihrer Hand, erstände Fürst Pipin,
Ja, Carol Magnus nahm' zur Hand die Feder
Und schriebe Vers' an sie.

König. An welche ***Sie?***

Lafeu. Ei, eine Ärztin, Sire, sie ist schon hier,
Wenn Ihr sie ansehn wollt. Auf Ehr' und Treu',
Wenn ich nach diesem leichten Vortrag ernstlich
Berichten darf – ich sprach mit einem Mädchen,
Das mich durch Absicht, Jugend und Geschlecht,
Verstand und festen Sinn so sehr entzückt,
Daß ich mich drum nicht tadle. Seht sie selbst

(Das ist ihr Wunsch) und hört, was sie Euch bringt;
Dann lacht mich aus nach Lust.

König. Nun, Freund Lafeu,
Zeig Uns dies Wunder, daß Wir ihm mit dir
Unser Erstaunen zollen oder deins
Vermindern durch Erstaunen, wie dir's kam.

Lafeu. Nun, ich will Euch bedienen, und sogleich.

(Lafeu geht.)

König. So hält er stets Prologe seinem Nichts.

*(Lafeu kommt zurück mit **Helena**.)*

Lafeu. Nun tretet vor!

König. Die Eil' hat wahrlich Flügel!

Lafeu. Nein, tretet vor!
Hier Seine Majestät. Sagt Euern Wunsch.
Eu'r Blick ist sehr verrätrisch, doch der König
Scheut selten solcherlei Verrat. Ich bin
Cressidas Oheim, der es wagen darf,
Zwei so allein zu lassen. Fahrt nun wohl! *(Geht ab.)*

König. Nun, schönes Kind, habt Ihr mit uns Geschäfte?

Helena. Ja, hoher König. Gerhard von Narbonne war
Mein Vater, wohlerprobt in seiner Kunst.

König. Ich kannt' ihn.

Helena. So eh'r erspar ich mir, ihn Euch zu rühmen;
Ihn kennen, ist genug. Auf seinem Todbett
Gab er mir manch Rezept; vor allen eins,
Das als die höchste Blume seiner Forschung,

Und vielerfahrnen Praxis liebstes Kleinod,
Er mich verwahren hieß als dreifach Auge,
Teurer als meine beiden. Also tat ich;
Und hörend, wie Eu'r Majestät verschmachtet
An jener bösen Krankheit, die den Ruhm
Von meines Vaters Kunst zumeist erhöht,
Kam ich mit Wünschen und mit Demut, Euch
Die Rettung anzubieten.

König. Dank Euch, Jungfrau.
Doch glaub ich nicht so leicht an Heilung mehr,
Wo so gelehrte Ärzt' Uns aufgegeben,
Und die vereinte Fakultät entschied,
Kunst könne nie aus unheilbarem Zustand
Natur erlösen. Drum soll Unser Urteil
Nicht so abirrn, noch Hoffnung Uns verleiten,
Ein rettungsloses Übel preiszugeben
Quacksalbern; Majestät und Zutraun so
Zu schmähn, sinnlosem Beistand nachzutrachten,
Wenn Wir als Unsinn allen Beistand achten.

Helena. So zahlt die treue Pflicht mir mein Bemühn,
Nicht weiter sei mein Dienst Euch aufgedrängt.
Und nur in Demut bitt ich Eure Hoheit
Bescheidentlich, mich gnädig zu entlassen.

König. Das ist das mindste, was ich muß gewähren;
Dein guter Wunsch ist meines Dankes wert,
Weil stets der Kranke gern von Beßrung hört;
Doch was du ganz verkennst, durchschau ich klar:
Wie fern dein Trost, wie nah mir die Gefahr.

Helena. Unschädlich wär's, wenn den Versuch Ihr wagt,
Weil Ihr der Heilung wie dem Trost entsagt.
Er, der die größten Taten läßt vollbringen,
Legt oft in schwache Hände das Gelingen.
So zeigt die Schrift in Kindern weisen Mut,
Wo Männer kindisch waren; große Flut
Entspringt aus kleinem Quell, und Meere schwinden,
Ob Weise auch die Wunder nicht ergründen.
Oft schlägt Erwartung fehl, und dann zumeist,
Wo sie gewissen Beistand uns verheißt;
Und wird erfüllt, wo Hoffnung längst erkaltet,
Wo Glaube schwand und die Verzweiflung waltet.

König. Genug, mein Kind! zu lange weilst du schon,
Und dein vergeblich Mühn trägt keinen Lohn
Als Dank für einen Dienst, den ich nicht brauche.

Helena. So weicht, was Gott mir eingab, einem Hauche.
Er ist nicht so, der alles mag durchschaun,
Wie wir, die stets dem leeren Schein vertraun,
Und stolzer Hochmut wär's, der Gottheit Trachten
Und Himmelswort für Menschenwerk zu achten.
O teurer Fürst, gebt meinen Wünschen nach,
Denkt nicht, daß ich, nein, daß der Himmel sprach.
Ich treibe nicht mit Euch ein trüglich Spiel,
Noch berg ich meiner Worte wahres Ziel.
Ich glaub es, Herr, und glaub auf festem Grunde,
Noch siegt die Kunst, nah ist der Rettung Stunde.

König. Das hoffst du so gewiß? in wieviel Zeit?

Helena. Wenn mir die höchste Gnade Gnade leiht,
Eh' zweimal noch das Lichtgespann durchschreitet

Die Bahn, auf der sein Lenker Glanz verbreitet,
Eh' zweimal in dem Tau der trüben Feuchte
Der Abendstern auslöscht die müde Leuchte,
Ja, eh' die Sanduhr vierundzwanzig Stunden
Dem Schiffer zeigt, die diebisch ihm verschwunden,
Seid Ihr genesen; Euer Schmerz entflieht,
Die Krankheit stirbt, und neue Kraft erblüht.

König. Bei so viel Selbstvertraun und Sicherheit,
Was wagst du?

Helena. Daß man mich der Frechheit zeiht;
Mich Metze schilt; der Pöbel mich verspottet,
Schimpflieder singt; und schmählich ausgerottet
Mein Jungfraunname sei; ja, daß mein Leben
Sich ende, schnöden Martern preisgegeben.

König. Mir scheint, es spricht aus dir ein sel'ger Geist,
Der sich in schwachem Werkzeug stark erweist,
Und was die Sinne sonst unmöglich nennen,
Muß ich in höherm Sinn jetzt anerkennen;
Dein Leben ist dir wert, denn dich beglückt
Noch alles, was das Dasein je geschmückt:
Schönheit und Anmut, Weisheit, hoher Mut,
Und was nur Frühling hofft als Lebensgut.
So viel zu wagen, solch Vertraun zu zeigen,
Ist nur der Kunst, wo nicht dem Wahnsinn eigen;
Drum, lieber Arzt, versuch an mir dein Heil,
Und sterb ich, wird dir selbst der Tod zuteil.

Helena. Fehl ich die Zeit, mißlingt ***ein*** Wort von allen,
Die ich verhieß – sei ich dem Tod verfallen,

Wie ich's verdient! Helf ich Euch nicht, so sterb ich.
Doch, wenn ich helfe, welchen Lohn erwerb ich?

König. Fordre, mein Kind.

Helena. Und wollt Ihr's wirklich geben?

König. Bei meinem Zepter, ja, beim ew'gen Leben!

Helena. Gib zum Gemahl mit königlicher Hand,
Wen ich mir fordern darf in deinem Land.
Doch ferne sei von mir der Übermut,
Daß ich ihn wähl aus Frankreichs Fürstenblut
Und ein Geschlecht, unwürdig wie das meine,
Mit deines Stamms erhabnem Zweig sich eine;
Nein, solchen Untertan, den ich in Ehren
Von dir verlangen darf und du gewähren.

König. Hier meine Hand. Kannst du dein Wort erfüllen,
So bürg ich dir, ich tu nach deinem Willen.
Nun wähl dir selbst die Zeit. Es ziemt dem Kranken,
Des Arztes Wort zu folgen ohne Wanken.
Zwar möcht ich viel noch fragen, viel noch hören
(Ob Zweifel auch den Glauben nimmer stören),
Woher du kamst, mit wem? doch sei's gewagt;
Vertraun und Liebe biet ich ungefragt. –
He! Kommt und helft mir auf! – Schaffst du mir
Rat, So lohn auch deine Taten meine Tat.

(Sie gehn ab.)

Zweite Szene

Roussillon. Zimmer im Schloß der Gräfin.

Es treten auf die Gräfin von Roussillon und der Narr.

Gräfin. Komm her, Freund, ich will einmal deine Ausbildung auf die höchste Probe stellen.

Narr. Ihr werdet bald sehn, ich sei besser genährt als gelehrt, und daraus folgt, für den Hof sei ich gut genug.

Gräfin. Gut genug! Nun, auf welche Stelle hast du's abgesehn, wenn du davon so verächtlich sprichst? Gut genug für den Hof!

Narr. Wahrhaftig, gnädige Frau, wem Gott einige gute Manieren mitgegeben hat, der wird sie leicht am Hof anbringen können. Wer keinen Kratzfuß machen, seine Mütze nicht abnehmen, seine Hand nicht küssen und nichts sagen kann, hat weder Fuß, Hand, Mund noch Mütze. Und ein solcher Mensch, um präzis zu reden, paßt sich nicht für den Hof. Was aber mich betrifft, so hab ich eine Antwort, die für jedermann taugt.

Gräfin. Nun, das ist eine ersprießliche Antwort, die zu allen Anreden paßt.

Narr. Sie ist wie ein Barbierstuhl, der für alle Hintern paßt, für die schmalen, die runden, die derben, kurz, für alle Hintern.

Gräfin. Deine Antwort ist also für alle Anreden passend?

Narr. So passend wie ein Taler für die Hand eines Advokaten; wie Eure französische Krone für die Hand Eurer taftnen Dirne; wie Hansens Messer für Gretens Scheide; wie ein Pfannkuchen für die Fastnacht; wie ein Mohrentanz für den Maitag; wie der Nagel für sein Loch; wie der Hahnrei für sein Horn; wie ein keifendes

Weibsbild für einen zänkischen Mann; wie die Lippe der Nonne für den Mund des Mönchs; ja, wie die Wurst für ihre Haut.

Gräfin. Habt Ihr, frag ich noch einmal, eine Antwort, die ebenso passend ist für alle Anreden?

Narr. Herunter vom Herzog an bis unter den Konstabel hinab paßt sie auf alle Anreden.

Gräfin. Nun, das muß eine Antwort von ungeheuerm Kaliber sein, die auf alles eine Auskunft weiß.

Narr. Im Gegenteil, beim Licht besehn, nur eine Kleinigkeit, wenn die Gelehrten die Wahrheit davon sagen sollten. Hier ist sie mit allem Zubehör. Fragt mich einmal, ob ich ein Hofmann sei; es wird Euch nicht schaden, etwas zu lernen.

Gräfin. Wieder jung zu werden, wenn's möglich wäre. – Ich will so närrisch sein zu fragen, in der Hoffnung, desto weiser durch Eure Antwort zu werden. Sagt mir also, mein Herr, seid Ihr ein Hofkavalier?

Narr. Ach Gott, Herr! – Das war bald abgetan; nur immer weiter, noch hundert solche Fragen.

Gräfin. Herr, ich bin eine arme Freundin von Euch, die Euch gut ist.

Narr. Ach Gott, Herr! – Immerzu, schont mich nicht.

Gräfin. Ich glaube, mein Herr, Ihr werdet wohl nicht von solcher Hausmannskost essen?

Narr. Ach Gott, Herr! – Nein, nur drauf zu, ohne Umstände!

Gräfin. Ihr wurdet neulich gepeitscht, mein Herr, scheint mir?

Narr. Ach Gott, Herr – schont mich nicht!

Gräfin. Ruft Ihr „Ach Gott, Herr“, wenn Ihr gepeitscht werdet, und „schont mich nicht?“ Euer „Ach Gott, Herr“ paßte recht wohl zu Euern Schlägen; Ihr würdet gut dabei antworten, wenn's so weit käme.

Narr. So schlimm bin ich noch nie mit meinem „Ach Gott, Herr!“ angekommen. Ich sehe, man kann etwas lange brauchen, aber nicht immer brauchen.

Gräfin. Ich bin eine recht verschwendrische Hausfrau mit meiner Zeit, daß ich sie so spaßhaft mit einem Narren verbringe.

Narr. Ach Gott, Herr! – Seht Ihr, da paßte es wieder.

Gräfin. Genug für jetzt! – Gebt dies an Helena
Und treibt sie, eine Antwort gleich zu senden;
Empfehlt mich meinem Sohn und meinen Vettern.
Das ist nicht viel.

Narr.. Nicht viel Empfehlung, meint Ihr?

Gräfin. Nicht viel zu tun für Euch; versteht Ihr mich?

Narr. Höchst lehrreich; ich bin da noch eh'r als meine Füße.

Gräfin. Kommt bald zurück.

(Beide gehn ab.)

Dritte Szene

Paris. Im Palast des Königs.

Bertram, Lafeu und Parolles treten auf.

Lafeu. Man sagt, es geschehn keine Wunder mehr, und unsre Philosophen sind dazu da, die übernatürlichen und unergründlichen Dinge alltäglich und trivial zu machen. Daher kommt es, daß wir mit Schrecknissen Scherz treiben und uns hinter unsre angebliche Wissenschaft verschanzen, wo wir uns vor einer unbekannten Gewalt fürchten sollten.

Parolles. In der Tat, es ist die allerseltsamste Wundergeschichte, die in unsern letzten Zeiten aufgetaucht ist.

Bertram. Das ist sie auch.

Lafeu Aufgegeben von den Kunstverständigen ...

Parolles. Das sage ich eben; von Galenus und Paracelsus ...

Lafeu. Von allen diesen gelehrten und weltberühmten Doktoren ...

Parolles. Nun eben!

Lafeu. Die ihn für unheilbar erklärten.

Parolles. Da liegt's; das sag ich auch.

Lafeu. Für rettungslos ...

Parolles. Recht! für einen, der gleichsam gefaßt sein müsse ...

Lafeu. Auf ein ungewisses Leben und einen gewissen Tod ...

Parolles. Richtig und wohl gesagt. Das wollte ich auch sagen.

Lafeu. Ich darf wohl behaupten, es ist etwas Unerhörtes in der Welt.

Parolles. Das ist es auch, wenn's einer im Schauspiel sehen wollte, müßte er's nachlesen in – nun, wie heißt es doch?

Lafeu. Im „Schauspiel von der Wirkung himmlischer Gnade in einem irdischen Gefäß".

Parolles. Recht so, das meinte ich, eben das.

Lafeu. Wahrhaftig, ein Delphin ist nicht muntrer. Mein' Seel', ich rede mit aller Hochachtung.

Parolles. Nein, 's ist seltsam, sehr seltsam; das ist das Kurze und das Lange von der Sache; und der muß von höchst fasziniertem Geist sein, der nicht gestehn will, es sei die ...

Lafeu. Unverkennbare Hand des Himmels.

Parolles. Ja, so sag ich.

Lafeu. In einem sehr schwachen ...

Parolles. Und hinfälligen Werkzeug große Macht, große Energie, wovon allerdings noch anderweitiger Gebrauch stattfinden sollte, als nur zur Genesung des Königs; damit wir alle ...

Lafeu. Dankbar sein möchten.

(Der König, Helena und Gefolge treten auf.)

Parolles. Das wollt' ich auch sagen; Ihr sagtet recht. Hier kommt der König.

Lafeu. Lustik, wie der Holländer spricht. Ich will allen Mädchen dafür noch einmal so gut sein, solange ich noch einen Zahn im Kopfe habe. Wahrhaftig, er ist imstande und fordert sie zu einer Courante auf.

Parolles. Mort du vinaigre!wörtlich: Tod des Weinessigs.Ist das nicht Helena?

Lafeu. Beim Himmel! das glaub ich auch.

König. Geht, ruft Uns alle Ritter meines Hofs. –
Du, sitz bei deinem Kranken, holder Arzt:
Und diese neugenesne Hand, durch dich
Begabt mit längst verbannter Kraft, bestät'ge
Nochmals dir jene zugesagte Gabe,
Dein, wie du sie nur nennst.
(Einige Hofleute treten auf.)
Nun, schönes Kind, schau um. Dies muntre Volk
Von wackern Jünglingen folgt meinem Willen,
Gehorsam meinem königlichen Spruch
Und Vaterwort; so nenne frei dir einen;
Du darfst dir wählen, jene nicht verneinen.

Helena. Ein fromm und schönes Fräulein send' euch allen
Der Liebe Gunst, euch allen – bis auf einen.

Lafeu. Ich gab' den braunen Bleß mitsamt dem Zeug,
Hätt' ich so frische Zähn' als diese Knaben,
Und auch von Bart nicht mehr.

König. Betrachte sie;
Nicht einer, der nicht stammt aus edlem Blut.

Helena. Geehrte Herrn,
Gott hat durch mich den König hergestellt.

Alle. Wir hörten's, und wir danken Gott für Euch.

Helena. Ich bin ein einfach Mädchen; all mein Reichtum
Ist, daß ich einfach mich ein Mädchen nenne. –
Mit Eurer Hoheit Gunst, ich bin zu Ende.
Die Wangen, schamgerötet, flüstern mir:
„Wir glühen, daß du wählst; wirst du verworfen,

Wird bleicher Tod für immer auf uns thronen,
Nie kehrt das Rot zurück.“

König. Dein Wahlrecht übe;
Wer dich verschmäht, verschmäht auch meine Liebe.

Helena. So flieh ich, Diana, deine Weihaltäre,
Und meine Seufzer richt ich an die hehre
Hochheil'ge Liebe. – Kennt ihr mein Gesuch?

Erster Edelmann. Ja, und gewähr's.

Helena. Habt Dank! Damit genug!

Lafeu. Ich möchte lieber hier zur Wahl stehn, als alle Ass' um mein Leben werfen.

Helena. Der Stolz, der Euch im edlen Auge flammt,
Hat mich, noch eh' ich sprach, zu streng verdammt.
Euch sei ein zehnfach höhres Glück beschert,
Das höhre Lieb' als meine Euch gewährt.

Zweiter Edelmann. Kein beßres wünsch ich.

Helena. Mög' Euch nimmer fehlen
Kupidos Gunst. So will ich mich empfehlen.

Lafeu. Schlagen alle sie aus? Wenn das meine Söhne wären, ich ließe sie peitschen oder schickte sie zu den Türken, um Verschnittne draus zu machen.

Helena. Sorgt nicht, ich lasse Eure Hand schon fahren;
Ich will Euch die Verlegenheit ersparen.
Heil Eurer Wahl! Eu'r Lieben zu beglücken,
Mög' eine schönre Braut Eu'r Lager schmücken.

Lafeu. Das junge Volk ist von Eis, keiner will sie. Ganz gewiß sind sie englische Bastarde; Franzosen haben sie nicht gezeugt.

Helena. Ihr seid zu jung, zu glücklich und zu gut,
Ich wünsch Euch keinen Sohn aus meinem Blut.

Vierter Edelmann. Schöne, so denk ich nicht.

Lafeu. Da ist noch eine Traube; ich weiß gewiß, dein Vater trank Wein. Wenn du aber nicht ein Esel bist, so bin ich ein Junge von vierzehn. Ich kenne dich schon.

Helena. Ich sage nicht, ich nehm Euch; doch ich gebe
Mich selbst und meine Pflicht, solang ich lebe,
In Eure edle Hand. Dies ist der Mann.

König. Nimm sie denn, junger Bertram, als Gemahlin.

Bertram. Gemahlin, gnäd'ger Herr? mein Fürst, vergönnt,
In solcherlei Geschäft laßt mich gebrauchen
Die eignen Augen.

König. Bertram, weißt du nicht,
Was sie für mich getan?

Bertram. Ja, großer König;
Doch folgt daraus, daß ich mich ihr vermähle?

König. Du weißt, sie half mir auf vom Krankenbett.

Bertram. Und soll ich deshalb selbst zum Tod erkranken,
Weil sie Euch hergestellt? Ich kenne sie,
Mein Vater ließ als Waise sie erziehn.
Des armen Arztes Kind mein Weib! – Weit lieber
Verzehre mich die Schmach.

König. Den Stand allein verachtest du, den ich
Erhöhn kann. Seltsam ist's, daß unser Blut –
Vermischte man's – an Farbe, Wärm' und Schwere
Den Unterschied verneint, und doch so mächtig

Sich trennt durch Vorurteil. Ist jene wirklich
Von reiner Tugend, und verschmähst du nur
Des armen Arztes Kind, so schmähst du Tugend
Um eines Namens willen. Das sei fern!
Wo Tugend wohnt, und wär's am niedern Herd,
Wird ihre Heimat durch die Tat verklärt.
Erhabner Rang bei sündlichem Gemüte
Gibt schwülstig hohle Ehre. Wahre Güte
Bleibt gut auch ohne Rang, das Schlechte schlecht;
Nach innerm Kern und Wesen fragt das Recht,
Nicht nach dem Stand. Jung, schön und ohne Tadel
Schenkt ihr Natur unmittelbaren Adel,
Die Ehre zeugt, wie Ehre *den* verdammt,
Der sich berühmt, er sei von ihr entstammt,
Und gleicht der Mutter nicht. Der Ehre Saat
Gedeiht weit minder durch der Ahnen Tat
Als eignen Wert. Das Wort frönt wie ein Sklav'
Jeglicher Gruft, auf jedem Epitaph
Lügt es Trophäen; oft schweigt's, und dem Gedächtnis
Ehrwürd'ger Namen läßt es als Vermächtnis
Vergessenheit und Staub. Folg meinem Ruf!
Liebst du dies Mädchen, wie Natur sie schuf,
Das andre schaff ich. Weisheit, Reiz und Zier
Hat sie von Gott; Reichtum und Rang von mir.

Bertram. Sie lieb ich nicht und streb auch nie danach.

König. Unglück dir selber, strebst du mir entgegen!

Helena. Mich freut, mein Fürst, daß Ihr genesen seid; Das andre laßt! –

König. Zum Pfand steht meine Ehre. Sie zu retten,
Mag denn der König sprechen. Nimm sie hin,
Hochmüt'ger Jüngling, unwert solchen Guts,
Der du in schnöder Mißachtung verkennst
So meine Gunst wie ihr Verdienst; nicht träumst,
Daß Wir, gelegt in ihre leichte Schale,
Dich schnellen bis zum Balken; nicht begreifst,
An mir sei's, deine Ehre da zu pflanzen,
Wo Uns ihr Wachsen frommt. Brich deinen Trotz!
Folg Unserm Willen, der dein Wohl bezweckt;
Mißtraue deinem Stolz, und augenblicks
Füg dich zu eignem Glück dem Lehnsgehorsam,
Den deine Pflicht und Unsre Macht erheischt,
Sonst schleudr' ich dich aus meiner Gunst für immer
In den ratlosen Absturz und den Schwindel
Der Jugend und der Torheit; Haß und Rache
Loslassend wider dich im Lauf des Rechts,
Taub jeglichem Erbarmen. Sprich! Gib Antwort!

Bertram. Verzeiht mir, gnäd'ger Herr, denn meine Neigung
Soll Euerm Wink sich fügen. Überleg ich,
Welch große Schöpfung, welches Maß von Ehre
Folgt Euerm Wort, so find ich sie, noch jüngst
Gering in meinem Wahne, jetzt gepriesen
Vom König selbst und so durch ihn geadelt,
Als wär' sie ebenbürtig.

König. Reich die Hand ihr,
Und nenne sie dein Weib, und ich verheiße
Vollwichtigen Ersatz, der deinen Reichtum
Noch überbieten soll.

Bertram. Gib mir die Hand.

König. Freundliches Glück und deines Königs Gunst Lächeln auf diesen Bund, des Heiligung,
Rasch folgend diesem plötzlichen Verlöbnis,
Vor Nacht vollzogen sei. Das Hochzeitmahl
Verschieben wir auf spätre Zeit, erwartend
Die fernen Freunde. Wenn dein Herz sie ehrt,
So ist's von echter Treu', sonst höchst verkehrt.

(Alle gehn ab, bis auf Lafeu und Parolles.)

Lafeu. Hört doch, Monsieur, ein Wort mit Euch!

Parolles. Was steht zu Dienst?

Lafeu. Euer Herr und Gebieter tat wohl, daß er sich zur Abbitte entschloß.

Parolles. Zur Abbitte? Mein Herr? Mein Gebieter?

Lafeu. Freilich. Ist das keine Sprache, die ich rede?

Parolles. Eine sehr herbe und kaum verständlich ohne blutige Explikation. Mein Herr?

Lafeu. Seid Ihr nicht der Begleiter des Grafen Roussillon?

Parolles. Jedes Grafen; aller Grafen; aller Leute.

Lafeu. Aller Leute des Grafen. Des Grafen Herr will schon mehr sagen.

Parolles. Ihr seid zu alt, Herr, laßt Euch genügen; Ihr seid zu alt!

Lafeu. Ich muß dir sagen, Bursch, ich heiße Mann; das ist ein Titel, zu dem das Alter dich nie bringen wird.

Parolles. Was ich allzu leicht wage, wag ich nicht.

Lafeu. Ich hielt dich nach zwei Mahlzeiten für einen leidlich vernünftigen Burschen; du machtest erträglichen Wind von deinen

Reisen, das mochte hingehn. Aber die Wimpel und Fähnchen an dir brachten mich doch mehr als einmal davon ab, dich für ein Schiff von zu großer Ladung zu achten. Ich habe dich nun gefunden. Wenn ich dich wieder verliere, gilt mir's gleich; du bist doch des Aufhebens nicht wert.

Parolles. Trügst du nicht den Freibrief der Antiquität an dir ...

Lafeu. Stürze dich nicht kopfüber in Ärger, du möchtest sonst deine Prüfung beschleunigen; und wenn ... Gott schenke dir Gnade, du armes Huhn! Und so, mein gutes Gitterfenster, leb wohl! du brauchst mir deine Laden nicht zu öffnen, ich sehe dich durch und durch. Gib mir deine Hand.

Parolles. Gnädiger Herr, Ihr bietet mir das Sublimierte der Beleidigung!

Lafeu. Ja, von ganzem Herzen, und du bist ihrer wert.

Parolles. Ich habe das nicht verdient, gnädiger Herr!

Lafeu. Ja, weiß Gott, jeden Gran davon, und ich erlasse dir keinen Skrupel.

Parolles. Gut, ich will klüger werden.

Lafeu. Das tu, sobald du kannst, denn du schmeckst mir sehr nach dem Gegenteil. Wenn sie dich nächstens einmal mit deiner eignen Schärpe binden und prügeln, so sollst du sehn, was es heißt, auf seine Verbindungen stolz zu sein. Ich habe Lust, meine Bekanntschaft mit dir fortzusetzen, oder vielmehr meine Kenntnis von dir, damit ich im Notfall sagen könne, den Menschen kenne ich.

Parolles. Gnädiger Herr, Ihr molestiert mich auf eine höchst verwundende Art.

Lafeu. Ich wollte, ich könnte dir die ewige Höllenpein schaffen, obgleich die Zeit des Schaffens bei mir vorüber ist; doch so viel verschafft mir mein Alter noch, daß ich dich verlassen kann. *(Lafeu geht ab.)*

Parolles. Nun, du hast einen Sohn, der diesen Schimpf von mir abnehmen soll, schäbiger, alter, filziger, schäbiger Herr! – Wohl, ich muß Geduld haben; Ansehn läßt sich nicht in Fesseln legen. Ich will ihn prügeln, bei meinem Leben, wenn ich ihm auf irgendeine passende Art begegnen kann, und wär' es doppelt und dreifach ein vornehmer Herr. Ich will nicht mehr Mitleid mit seinem Alter haben als mit ... Ich will ihn prügeln, wenn ich ihm nur wieder begegnen kann.

(Lafeu kommt zurück.)

Lafeu. He, Freund! Euer Herr und Gebieter ist verheiratet. Da habt Ihr etwas Neues für Euch; Ihr habt eine neue Gebieterin.

Parolles. Ich ersuche Euer Gnaden höchst unumwunden, mit Euern Beleidigungen etwas an sich zu halten. Er ist mein guter Herr; der, dem ich dort oben diene, ist mein Gebieter.

Lafeu. Wer? Gott?

Parolles. Ja, Herr.

Lafeu. Der Satan ist's, der ist dein Gebieter. Was schürzest du deine Arme so auf? sollen deine Ärmel Hosen vorstellen? Tun das andre Bediente? Du solltest lieber dein Unterteil dahin setzen, wo dir die Nase sitzt. Bei meiner Ehre, wär' ich nur zwei Stunden jünger, ich prügelte dich; mir scheint, du bist ein allgemeines Ärgernis, und jedermann sollte dich prügeln. Ich glaube, du wurdest geschaffen, damit man sich an dir eine Motion machen könne.

Parolles. Das ist ein rauhes und unverdientes Verfahren, gnädiger Herr!

Lafeu. Geht doch, Freund! Ihr wurdet in Italien geprügelt, weil Ihr einen Kern aus einem Granatapfel stahlt; Ihr seid ein Landstreicher und kein echter Reisender. Ihr betragt Euch viel unverschämter mit Edelleuten und Vornehmen, als das Patent Eurer Geburt und Vorzüge Euch die Ahnenprobe gibt. Ihr verdient kein Wort mehr, sonst nennt' ich Euch noch Schurke. Ich verlasse Euch! *(Er geht.)*

(Bertram tritt auf.)

Parolles. Gut, sehr gut; mag's drum sein! Gut, sehr gut; es mag eine Zeitlang geheim bleiben!

Bertram. Verloren! Ew'gem Unmut preisgegeben!

Parolles. Was gibt es, lieber Schatz?

Bertram. Obgleich ich's feierlich dem Priester schwur,
Will ich die Ehe nicht vollziehn.

Parolles. Was gibt's?
Was gibt's, mein Kind?

Bertram. O mein Parolles, sie haben mich vermählt!
Ins Feld nach Florenz! Nie mit ihr zu Bett!

Parolles. Ein Loch für Hund' ist Frankreich, und verdient nicht,
Daß Helden es beschreiten. Auf, ins Feld!

Bertram. Hier schreibt mir meine Mutter. Was sie meldet,
Weiß ich noch nicht.

Parolles. Das zeigt sich schon. Ins Feld, mein Sohn, ins Feld!
Dem bleibt die Ehr' unsichtbar in der Tasche,
Der hier zu Hause herzt den Seelenschatz,
In dessen Arm sein männlich Mark vergeudend,

Das den Galopp und hohen Sprung von Mars'
Feurigem Roß aushalten soll. Hinaus!
In ferne Zonen! Frankreich ist ein Stall,
Und wir die Mähren drin. Drum fort ins Feld!

Bertram. So soll's geschehn. Ich sende sie nach Haus,
Der Mutter offenbar ich meinen Abscheu,
Und was mich trieb von hier; dem König schreib ich,
Was ich zu sagen fürchte. Seine Mitgift
Schafft mir die Mittel zum toskan'schen Krieg,
Wo Ritter kämpfen. Krieg wird Zeitvertreib
Bei solchem Hauskreuz und verhaßtem Weib.

Parolles. Und bleibt dir solch Capriccio auch gewiß?

Bertram. Geh mit mir auf mein Zimmer, rate mir.
Sie soll sogleich hinweg; ich gehe morgen
Ins Feld; sie laß ich einsam ihren Sorgen.

Parolles. Heißa, wie springt der Ball und lärmt! dein Ehstand,
Mein armer Knabe, ward dir früh zum Wehstand! Drum fort!
Verlaß sie, männlich dich zu zeigen.
Der König kränkt dich – still! wir müssen schweigen.

(Sie gehn ab.)

Vierte Szene

Ebendaselbst.

Helena und der Narr treten auf.

Helena. Meine Mutter grüßt mich freundlich; ist sie wohl?

Narr. Sie ist nicht wohl, und doch ist sie bei Gesundheit; sie ist recht munter, und doch ist sie nicht wohl; aber Gott sei Dank, sie ist sehr wohl, und ihr fehlt nichts in der Welt; und doch ist sie nicht wohl.

Helena. Wenn sie sehr wohl ist, was fehlt ihr denn, daß sie nicht wohl ist?

Narr. In Wahrheit, sie ist sehr wohl, ganz gewiß; bis auf zwei Dinge.

Helena. Was für zwei Dinge?

Narr. Einmal, daß sie nicht im Himmel ist, wohin Gott sie recht bald fördern wolle; zweitens, daß sie auf Erden ist, von wo Gott sie recht bald fördern wolle.

(Parolles tritt auf.)

Parolles. Gott segne Euch, meine höchstbeglückte Dame!

Helena. Ich hoffe, Herr, ich habe Eure Einwilligung zu meinem Glück?

Parolles. Ihr hattet mein Gebet, Euch dahin zu geleiten; und Euch dabei zu bewahren, sollt Ihr es behalten. – O mein wackrer Schelm! Was macht unsre alte Gräfin?

Narr. Hättet Ihr nur ihre Runzeln und ich ihr Geld, so möchte sie immer machen, was Ihr sagt.

Parolles. Ich sage ja nichts.

Narr. Meiner Seel', dann seid Ihr um so klüger; denn manches Dieners Zunge schwatzt nur seines Herrn Verderben herbei. Nichts sagen, nichts tun, nichts wissen und nichts haben, darin besteht ein großer Teil Eures Guts, das eigentlich ein Nichts ist.

Parolles. Fort mit dir, du bist ein Schelm.

Narr. Ihr hättet sagen sollen, Herr, vor einem Schelm bist du ein Schelm, das heißt, vor mir bist du ein Schelm: so wär's die Wahrheit gewesen.

Parolles. Geh mir, du bist ein witziger Narr, ich habe dich gefunden!

Narr. Habt Ihr Euch in mir gefunden, Herr? Oder hat man Euch gelehrt, mich zu finden? Das Suchen, Herr, war von gutem Erfolg; und mögt Ihr doch noch recht viel Narrheit in Euch finden, zu aller Welt Ergötzen und Fördrung des Lachens.

Parolles. Ein guter Schelm und trefflich aufgefüttert. –
Gräfin, mein gnäd'ger Herr verreist heut nacht,
Höchst wichtige Geschäfte rufen ihn.
Den großen Anspruch und der Liebe Vorrecht
Erkennt er gern als Pflicht, die Euch gebührt;
Doch muß er sie versäumen, notbedrängt.
Ihr Aufschub selbst und Zögern beut Euch Nektar;
Die finstre Zeit bereitet ihn als Trost,
Damit die Zukunft überfließ' in Wonne
Und Lust bis an den Rand.

Helena. Was wünscht er sonst?

Parolles. Daß Ihr sogleich vom König Abschied nehmt,
Ihm diese Hast als Eure Wahl bezeichnet

Und unterstützt mit Gründen, daß sie glaublich
Und dringend scheine.

Helena. Was noch mehr befiehlt er?

Parolles. Daß, wenn Ihr dies erreicht, Ihr alsogleich
Erwartet, was er ferner von Euch wünscht.

Helena. In allen Stücken harr ich seines Winks.

Parolles. Das werd ich melden.

Helena. Darum bitt ich Euch.
(Parolles geht.)
Komm, Freund.

(Helena und der Narr gehn ab.)

Fünfte Szene

Ebendaselbst.

Lafeu und Bertram treten auf.

Lafeu. Ich hoffe doch, Euer Gnaden hält ihn nicht für einen Soldaten?

Bertram. Ja, edler Herr, und von sehr bewährter Tapferkeit.

Lafeu. Ihr habt's aus seiner eignen Überlieferung?

Bertram. Und von manchen andern verbürgten Zeugen.

Lafeu. So geht meine Sonnenuhr nicht richtig; ich hielt diese Lerche für einen Spatz.

Bertram. Ich versichre Euch, gnädiger Herr, er ist von tiefer Einsicht und ebenso vieler Tapferkeit.

Lafeu. So habe ich denn gegen seine Erfahrung gesündigt und mich gegen seine Tapferkeit vergangen, und mein Zustand erscheint um so gefährlicher, als ich noch zu keiner Reue in meinem Herzen gelangen kann. Hier kommt er. Ich bitte Euch, versöhnt uns wieder, ich will diese Freundschaft kultivieren.

(Parolles tritt auf.)

Parolles. Alles soll besorgt werden, Herr.

Lafeu. Ich bitt Euch, Herr, wer ist sein Schneider?

Parolles. Herr?

Lafeu. O ich kenne ihn schon. Ja, Herr, er ist ein guter Nadelführer, ein sehr guter Schneider.

Bertram *(beiseit).* Ist sie zum König gegangen?

Parolles. Soeben.

Bertram. Will sie heut abend fort?

Parolles. Wie Ihr's verlangt habt.

Bertram. Die Briefe sind bereit, mein Geld verpackt.
Bestellt die Pferde – und in dieser Nacht,
Anstatt Besitz zu nehmen von der Braut,
Und eh' ich noch begann – – –

Lafeu. Ein verständiger Reisender gilt etwas gegen das Ende der Mahlzeit. Aber einen, der drei Dritteile lügt und eine bekannte Wahrheit als Paß für tausend Windbeuteleien braucht, sollte man einmal anhören und dreimal abprügeln. Gott behüte Euch, Hauptmann.

Bertram. Gibt es irgendeine Mißhelligkeit zwischen diesem edlen Herrn und Euch, Monsieur?

Parolles. Ich weiß nicht, wie ich's verdient habe, in Seiner Gnaden Ungnade zu fallen.

Lafeu. Ihr seid Hals über Kopf mit Stiefeln und Sporen hineingerannt wie der Bursch, der in die Mehlpastete sprang, und Ihr werdet wohl eher wieder herauslaufen, als Rede stehn, warum Ihr drin verweilt.

Bertram. Ihr habt ihn wohl nicht recht gewürdigt, edler Herr.

Lafeu. Das wird auch nie geschehn, selbst wenn ich ihn beim Hochwürdigsten träfe. Lebt wohl, Herr Graf, und glaubt mir, in dieser tauben Nuß kann kein Kern stecken; die Seele dieses Menschen sitzt in seinen Kleidern. Traut ihm nicht in wichtigen Angelegenheiten; ich habe solches Volk zahm gemacht und kenne seine Art. Gott befohlen, Monsieur! ich habe besser von Euch gesprochen, als Ihr's um mich verdient habt oder verdienen werdet. Aber man soll Böses mit Gutem vergelten. *(Ab.)*

Parolles. Ein sehr müßiger Schwätzer, auf Ehre!

Bertram. Das scheint so.

Parolles. Wie, Ihr kennt ihn nicht?

Bertram. O ja, ich kenn ihn wohl. Und allgemein
Steht er in gutem Ruf. – Da kommt mein Kreuz!

(Helena tritt auf.)

Helena. Ich habe, Herr, wie Ihr mir's anbefahlt,
Den König schon gesehn und seinen Urlaub
Erhalten, gleich zu reisen. Nur verlangt er
Ein Wort mit Euch allein.

Bertram. Ich folge dem Gebot.
Nicht wundr' Euch dies Betragen, Helena,

Das nicht die Farbe trägt der Zeit, noch leistet,
Was mir nach Pflichtgefühl und Schuldigkeit
Zunächst obliegt. Ich war nicht vorbereitet
Auf diesen Fall; drum bin ich überrascht
Durch solch Verhältnis; deshalb bitt ich Euch,
Daß Ihr alsbald nach Haus Euch hinbegebt
Und lieber sinnt als fragt, warum ich's fordre.
Was mich bestimmt, ist besser, als es scheint,
Und mein Geschäft drängt mich mit ernsterm Zwang,
Als Euch beim ersten Blick bedünken mag,
Da Ihr's nicht überseht. – Dies meiner Mutter.
(Gibt ihr einen Brief.)
Zwei Tage noch, dann treff ich Euch – und so
Laß ich Euch Eurer Klugheit.

Helena. Ich kann nichts sagen, Herr,
Als daß ich Eure treuergebne Magd ...

Bertram. O laßt! Nichts mehr davon!

Helena. Und stets bemüht,
Mit treuer Sorglichkeit Euch zu ersetzen,
Was mir ein niedriges Gestirn versagt,
Um wert zu sein so großen Glücks.

Bertram. Genug!
Denn meine Hast ist groß. Lebt wohl und eilt!

Helena. O lieber Herr! verzeiht ...

Bertram. Nun sagt, was meint Ihr?

Helena. Ich bin nicht wert des Reichtums, der mir ward,
Noch darf ich mein ihn nennen, und doch ist er's;

Doch wie ein scheuer Dieb möcht' ich mir stehlen,
Was mir nach Recht gehört.

Bertram. Was wünscht Ihr noch?

Helena. Etwas – und kaum so viel – im Grunde nichts –
Ungern nenn ich den Wunsch – doch ja! so wißt,
Nur Fremd' und Feinde scheiden ungeküßt.

Bertram. Ich bitt Euch, säumt nicht, setzt Euch rasch zu Pferd.

Helena. Ich füge dem Befehl mich, teurer Herr.
(Helena ab.)

Bertram. Sind meine Leute da? – Leb wohl! Geh du
Nach Haus, wohin ich nimmermehr will kehren,
Solang ich fechten kann und Trommeln hören.
Nun fort, auf unsre Flucht!

Parolles. Bravo! Corraggio!

(Sie gehn ab.)

Dritter Akt

Erste Szene

Florenz. Im Palast des Herzogs.

Es treten auf der Herzog von Florenz, zwei französische Edelleute und Soldaten. Trompetenstoß.

Herzog. So habt ihr nun von Punkt zu Punkt gehört
Den wahren Grund und Anlaß dieses Kriegs,
Des große Lösung vieles Blut verströmt,
Und dürstet stets nach mehr.

Erster Edelmann. Der Zwist scheint heilig
Auf Eurer Hoheit Seite, schwarz und frevelnd
An Euerm Gegner.

Herzog. Drum wundert uns, daß unser Vetter Frankreich
In so gerechtem Streit sein Hei'l verschloß,
Als wir um Beistand warben.

Zweiter Edelmann. Gnäd'ger Fürst,
Die Gründe unsres Staats sind mir verhüllt,
Als einem schlichten Mann, entfernt vom Hof,
Der unsres Rats erhabnes Ansehn ehrt
Und eignen Wirkens sich begibt. Drum wag ich
Kein Urteil, denn ich traf die Wahrheit nie,
Und meine schwankende Vermutung irrte,
Sooft ich riet.

Herzog. Er tue nach Gefallen!

Zweiter Edelmann. Doch sicher weiß ich, unsre muntre Jugend,
Von Frieden übersatt, wird Tag für Tag
Arznei hier suchen.

Herzog. Sei sie uns willkommen!
Und alle Ehren, die wir spenden mögen,
Erwarten sie. Auf Euern Posten hin!
Wenn Höhre fallen, ist's für Euch Gewinn.
Morgen ins Feld! –

(Sie gehn ab.)

Zweite Szene

Roussillon. Zimmer im Schloß der Gräfin.

Es treten auf die Gräfin und der Narr.

Gräfin. Alles hat sich zugetragen, wie ich's wünschte, außer daß er nicht mit ihr kommt.

Narr. Meiner Treu', ich denke, unser, junger Herr ist ein sehr melancholischer Mann.

Gräfin. Und woran hast du das bemerkt?

Narr. Ei, er sieht auf seinen Stiefel und singt; zupft an der Krause und singt; tut Fragen und singt; stochert die Zähne und singt. Ich kannte einen, der solchen Ansatz von Melancholie hatte und einen hübschen Meierhof für ein Singsang verkaufte.

Gräfin. Laß mich sehn, was er schreibt und wann er zu kommen denkt. *(Sie öffnet einen Brief.)*

Narr. Ich frage nichts mehr nach Elsbeth, seit ich am Hofe gewesen bin. Unser alter Stockfisch und unsre Elsbeths auf dem Lande sind doch nichts gegen den alten Stockfisch und die Elsbeths am Hofe. Mein Kupido läßt die Flügel hängen, und ich fange an zu lieben wie ein alter Mann das Geld liebt, ohne Appetit!

Gräfin. Was sehe ich hier?

Narr. Grade was Ihr seht. *(Geht ab.)*

Gräfin *(liest).* "Ich sende Euch eine Schwiegertochter; sie hat den König hergestellt und mich zugrunde gerichtet. Ich habe sie geheiratet, aber nicht die Vermählung vollzogen, und geschworen, dieses *Nicht* ewig zu machen. Ihr werdet hören, ich sei davongegangen; erfahrt es durch mich, eh' der Ruf es Euch meldet. Wenn die Welt breit genug ist, werde ich mich in weiter Entfernung halten. Mit kindlicher Hochachtung Euer unglücklicher Sohn Bertram."

Das ist nicht recht, unbänd'ger, rascher Knabe!
Die Gunst zu meiden solches guten Herrn
Und auf dein Haupt zu sammeln seinen Zorn,
Die Braut verstoßend, die so edel ist,
Daß Kaiser selbst sie nicht verschmähten!

(Der Narr kommt zurück.)

Narr. Oh, gnädige Frau, draußen gibt's betrübte Neuigkeiten zwischen zwei Soldaten und der jungen Gräfin.

Gräfin. Was ist?

Narr. Freilich, etwas Trost ist in den Neuigkeiten, etwas Trost; Euer Sohn wird nicht so bald umkommen, als ich dachte.

Gräfin. Woran sollte er denn umkommen?

Narr. Das denke ich auch, gnädige Frau, wenn er davonläuft, wie ich höre, daß er tut. Die Gefahr ist im Zusammenbleiben; denn dadurch gehn Kinder auf und Männer drauf. – Hier kommen welche, die Euch mehr sagen werden. Ich meinesteils weiß nur, daß der junge Graf davongegangen ist. *(Ab.)*

(Helena und zwei Edelleute treten auf.)

Erster Edelmann. Gott grüß' Euch, edle Gräfin!

Helena. O Gräfin, mein Gemahl ist hin, auf immer hin!

Zweiter Edelmann. Sagt das nicht!

Gräfin. Sei nur gefaßt! – Ich bitt euch, liebe Herrn,
Mich traf so mancher Schlag von Freud' und Gram,
Daß beider plötzlich schreckende Erscheinung
Mich kaum entmutigt. Sagt, wo ist mein Sohn?

Zweiter Edelmann. Er ging zum Dienst des Herzogs von Florenz;
Wir trafen ihn hinreisend, als wir kamen
Von dort; und wie der Hof uns nur entläßt,
Gehn wir dahin zurück.

Helena. Seht diesen Brief! Das ist mein Reisepaß!
„Wenn du den Ring an meinem Finger erhalten kannst, der niemals davonkommen soll; und mir ein Kind zeigen, von deinem Schoß geboren, zu dem ich Vater bin; dann nenne mich Gemahl; aber dieses ***Dann*** ist soviel als ***Nie***.“

Das ist ein harter Spruch!

Gräfin. Habt ihr den Brief gebracht, ihr Herrn?

Erster Edelmann. Ja, Gräfin;
Um solchen Inhalt reut uns unsre Müh'.

Gräfin. Ich bitt dich, Liebe, fasse bessern Mut.
Leg nicht Beschlag auf alles Leid für dich,
Sonst raubst du meine Hälfte. Er war mein Sohn;
Allein ich wasch ihn weg aus meinem Blut
Und nenne dich mein einzig Kind. Nach Florenz
Ist er gegangen?

Zweiter Edelmann. Ja.

Gräfin. Im Feld zu dienen?

Zweiter Edelmann. Das ist sein edler Vorsatz; und gewiß,
Der Herzog wird ihm alle Ehr' erweisen,
Die ihm gebührt.

Gräfin. Kehrt ihr dahin zurück?

Erster Edelmann. Ja, Gräfin, mit der Eile schnellstem Flug.

Helena. "Bis ich kein Weib hab, hab ich nichts in Frankreich."
's ist bitter!

Gräfin. Schreibt er das?

Helena. Ja, gnäd'ge Frau.

Erster Edelmann. Vielleicht 'ne Kühnheit nur der Hand, von der
Sein Herz nichts weiß.

Gräfin. Bis er kein Weib hat, hat er nichts in Frankreich?
Ich weiß in Frankreich nichts zu gut für ihn,
Als sie allein. Und ihr gebührt ein Mann,
Dem zehn so rohe Knaben dienen sollten,
Sie stündlich Herrin nennend. Wer war mit ihm?

Erster Edelmann. Nur ein Bedienter und ein Kavalier,
Den ich seit kurzem kenne.

Gräfin. Ist's Parolles?

Erster Edelmann. Ja, gnäd'ge Frau.

Gräfin. Ein sehr verrufner Bursch und voller Bosheit.
Mein Sohn verdirbt sein gut geartet Herz
Durch seinen schlechten Rat.

Erster Edelmann. Recht, edle Gräfin.
Der Bursch hat viel zu viel von dem, was hindert,
Daß viel aus ihm je werde.

Gräfin. Seid willkommen,
Ihr Herrn! Ich bitt euch, sagt doch meinem Sohn,
Es könn' ihm nie sein Schwert die Ehr' erringen,
Die er verliert. Noch Weitres bitt ich euch
Ihm schriftlich einzuhänd'gen.

Zweiter Edelmann. Zählt auf uns;
Euch hierin, wie im Wichtigsten zu dienen.

Gräfin. Nicht dienen – wir wollen Freunde sein.
Wollt ihr nicht näher treten?

(Die Gräfin und die beiden Edelleute gehen ab.)

Helena. "Bis ich kein Weib hab, hab ich nichts in Frankreich." Er hat in Frankreich nichts, bis er kein Weib hat! Du sollst keins haben, Bertram, keins in Frankreich, Dann hast du wieder alles. Armer Graf!

Bin ich's, die dich aus deiner Heimat jagt,
Der Glieder zarten Bau dem Zufall preisgibt
Des schonungslosen Kriegs? bin ich's, die dich
Vertreibt vom lust'gen Hof, wo schöne Augen
Nach dir gezielt, um jetzt im Schuß zu stehn
Dampfender Feuerschlünd'? O blei'rne Boten,
Die auf des Blitzes Hast verwundend fahren,
Verfehlt eu'r Ziel! durchbohrt die stille Luft,
Die singt, wenn ihr sie trefft! Nicht ihn berührt!
Wer nach ihm schießt, den hab ich hingestellt.
Wer anlegt auf sein heldenmütig Herz,
Den hab ich Meuchelmörderin gedungen;

Und tot ich ihn nicht selbst, war ich doch Ursach',
Daß solcher Tod ihn traf. Viel besser wär's,
Den Löwen fänd' ich, wenn er schweifend brüllt
Im scharfen Drang des Hungers; besser wär's,
Daß alles Elend, das Natur umfaßt,
Mein würd' auf eins. Kehr wieder, Roussillon,
Von dort, wo Ehr' aus der Gefahr sich meist
Nur Narben holt und alles oft verliert.
Ich geh. Mein Bleiben hält von hier dich fern,
Und dazu blieb' ich? Nimmermehr! Ob auch
Des Paradieses Luft dies Haus umwehte
Und Engel drin mir dienten. Ich will gehn.
Meld ihm, Gerücht, mitleidig, daß ich floh,
Und tröst ihn. Komm, o Nacht! Mit Tags Entweichen
Will ich, ein armer Dieb, von hier mich schleichen.

(Ab.)

Dritte Szene

Florenz. Vor des Herzogs Palast.

Trompetenstoß. Es treten auf der Herzog von Florenz, Bertram, Parolles, Soldaten mit Trommeln und kriegerischer Musik.

Herzog. Sei du Anführer unsrer Reiter; wir,
An Hoffnung reich, vertraun mit gläub'ger Liebe
Auf dein verheißend Glück.

Bertram. Mein Fürst, es ist
'ne Last, zu schwer für meine Kraft; doch streb ich,

Für Eure würd'ge Sache sie zu tragen,
Bis an der Wagnis fernste Grenze.

Herzog. Geh denn,
Und Glück umflattre deinen Siegerhelm
Als schützende Gebietrin!

Bertram. Großer Mars!
Noch heut tret ich in deine Kriegerreihn;
Laß stark mich werden, wie mein Sinn: dann faß ich
Das Schlachtschwert liebend, und die Liebe haß ich.

(Alle gehn ab.)

Vierte Szene

Roussillon.

Es treten auf die Gräfin und der Haushofmeister.

Gräfin. Ach! wie nur nahmst du diesen Brief von ihr?
Dachtst du nicht, daß sie täte, was sie tat,
Weil sie den Brief mir schickte? Lies noch einmal!

Haushofmeister *(liest).*
„Sankt Jakobs Pilgrim beut Euch heil'gen Gruß!
Weil Lieb' und Ehrgeiz wild mein Herz zerrissen,
Wandr' ich auf hartem Grund mit nacktem Fuß,
Ein fromm Gelübd' erleichtre mein Gewissen.
Schreibt Eurem Sohn, schreibt meinem liebsten Herrn,
Daß er aus blut'ger Schlacht zur Heimat kehre;
Ihn segne Frieden hier, indes ich fern
Mit heißer Andacht seinen Namen ehre.

Er mag verzeihn die Mühn, die ich ihm schuf;
Ich, seine strenge Juno, sandt' ihn aus
Von Lust und Scherzen hin zum Kriegsberuf,
Wo auf den Tapfern lauert Todesgraus;
Er ist zu schön für mich, zu schön zu sterben,
Dies sei mein Los; er mag die Freiheit erben!"

Gräfin. Wie scharfe Stacheln in so mildem Wort.
Reinhold, so unbedachtsam konntst du sein,
Daß du sie reisen ließest; sprach ich sie,
Ich hätte wohl sie anders noch gelenkt;
Nun kam sie uns zuvor.

Haushofmeister. Verzeiht, Gebietrin!
Gab ich den Brief Euch noch die Nacht, vielleicht
War sie noch einzuholen; schreibt sie gleich,
Nachspüren sei vergeblich.

Gräfin. Welch ein Engel
Wird den unwürd'gen Gatten schützen? Keiner,
Wenn ihr Gebet, das gern der Himmel hört
Und gern gewährt, ihn nicht vom Zorn erlöst
Des höchsten Richters. Schreib, o schreib, mein Reinhold,
An diesen Mann, der solcher Frau nicht würdig.
Gib ihrem Wert Gewicht durch jedes Wort,
Denn viel zu leicht erwog er ihn; mein Leid,
Des Groß' er nicht empfindet, schärf ihm ein.
Send ihm den sichersten, bewährtsten Boten.
Vielleicht, wenn er vernimmt, sie sei entflohn,
Kommt er zurück; und wenn sie solches hört,
Dann, hoff ich, lenkt auch sie den Fuß zur
Heimkehr, Geführt von reiner Liebe. Wer von beiden
Mir jetzt der liebste sei, vermag ich kaum

Zu unterscheiden. Sorge für den Boten.
Mich beugen Gram und meines Alters Schwächen;
Mein Schmerz will Tränen, Kummer heißt mich sprechen.

(Sie gehn ab.)

Fünfte Szene

Vor den Toren von Florenz.

Feldmusik in der Ferne. Es treten auf eine alte Witwe aus Florenz, Diana, Violenta, Mariana, Bürger.

Witwe. Kommt nur mit, denn wenn sie näher an die Stadt rücken, verlieren wir das ganze Schauspiel.

Diana. Man sagt, der französische Graf habe sich sehr rühmlich gehalten.

Witwe. Es heißt, er habe ihren ersten Feldherrn gefangengenommen und mit eigner Hand des Herzogs Bruder getötet. – Unsre Mühe ist vergeblich gewesen, sie haben einen andern Weg genommen; horch! ihr könnt es an ihren Trompeten hören.

Mariana. Kommt, kehren wir wieder zurück und

begnügen uns an der Erzählung. Hüte dich nur vor dem französischen Grafen, Diana; die Ehre eines Mädchens ist ihr Ruf, und kein Vermächtnis ist so reich als Ehrbarkeit.

Witwe. Ich habe meiner Nachbarin erzählt, wie Ihr von einem seiner Kavaliere verfolgt worden seid.

Mariana. Ich kenne den Schurken, der Henker hole ihn! es ist ein gewisser Parolles, ein nichtswürdiger Helfershelfer des jungen

Grafen für solche Streiche. Nimm dich vor ihnen in acht, Diana; ihre Versprechungen, Lockungen, Schwüre, Liebeszeichen und alle diese Künste der Verführung sind das nicht, wofür sie sich ausgeben. Schon manche Jungfrau ist durch sie verleitet worden, und leider vermag das Beispiel, das uns verlorne Unschuld so furchtbar erblicken läßt, dennoch nicht von der Nachfolge abzuschrecken, sondern viele kleben an der Leimrute, die ihnen droht. Ich hoffe, ich brauche dich nicht weiter zu warnen; deine Tugend, hoffe ich, wird dich erhalten, wo du stehst, wäre auch keine weitre Gefahr dabei sichtbar als der Verlust deines guten Rufs.

Diana. Ihr sollt nicht Ursache haben, meinetwegen besorgt zu sein.

(Helena tritt auf, als Pilgerin verkleidet.)

Witwe. Das hoffe ich. Seht, da kommt eine Pilgerin. Ich weiß, sie wird in meinem Hause herbergen wollen, dahin weisen sie stets einer den andern. Ich will sie fragen.– Gott grüß' Euch, Pilgerin; wo denkt Ihr hin?

Helena. Zum ältern Sankt Jakobus.
Wo finden Pilger Wohnung? Sagt mir an!

Witwe. Beim Franziskanerkloster, hier am Tor.

Helena. Ist dies der Weg?

Witwe. Jawohl, das ist er. – Horcht!
(Kriegsmusik in der Ferne.)
Sie kommen doch hierher. Wollt Ihr noch warten,
Bis daß der Zug vorüber,
So zeig ich Euch den Weg in Eu'r Quartier;

Denn Eure Wirtin, müßt Ihr wissen, kenn ich
Ganz wie mich selbst.

Helena. Ihr selber seid die Wirtin?

Witwe. Zu dienen, heil'ge Pilgerin.

Helena. Ich dank Euch,
Und warte hier, solang es Euch beliebt.

Witwe. Ihr kommt aus Frankreich, denk ich?

Helena. Ja, von dort.

Witwe. Dann sollt Ihr einen tapfern Landsmann sehn,
Der sich viel Ruhm erwarb.

Helena. Sein Nam', ich bitt Euch?

Diana. Der Graf von Roussillon; kennt Ihr ihn schon?

Helena. Von Hörensagen, und man rühmt ihn sehr;
Gesehn hab ich ihn nie.

Diana. Wie er auch sei,
Hier gilt er viel. Er floh aus Frankreich heimlich,
Erzählt man, weil der König ihn vermählt
Entgegen seiner Neigung. Ist das wahr?

Helena. Jawohl ist's wahr! Ich kenne sein Frau.

Diana. Hier ist ein Edelmann in seinem Dienst,
Der spricht gering von ihr.

Helena. Wie heißt der Mann?

Diana. Monsieur Parolles.

Helena. Nun, ich geb ihm recht;
Denn in Betracht der Würd' und Trefflichkeit

Des hohen Grafen selbst ist sie zu niedrig,
Um oft erwähnt zu sein. All ihr Verdienst
Ist strenge Sittsamkeit; und diese hört' ich
Noch nie in Zweifel ziehn.

Diana. Ach, arme Dame!
Das nenn ich bittre Qual, vermählt zu sein
Dem Mann, der uns verabscheut!

Witwe. Gewiß! Das liebe Kind! Wo sie auch sei,
Sie muß viel dulden. Seht, dies Mädchen könnt' ihr
Gefährlich werden, wollte sie's.

Helena. Wie meint Ihr?
Stellt der verliebte Graf vielleicht ihr nach
In unerlaubter Absicht?

Witwe. Ja, das tut er
Und lockt mit allem, was in solcher Werbung
Der zarten Ehre eines Mädchens droht.
Doch sie ist auf der Hut und schützt sich selbst
Durch ehrbar Widerstreben.

(Bertram, Parolles, Soldaten marschieren über die Bühne.)

Mariana. Gott verhüt' auch,
Daß es je anders sei!

Witwe. Sie kommen jetzt. –
Dies ist Anton, des Herzogs ältster Prinz;
Dies Escalus.

Helena. Und der Franzose?

Diana. Dieser!
Der mit der Feder, 's ist ein feiner Mann.

Ich wollt', er liebte seine Frau; weit hübscher
Fänd' ich ihn, war' er treu. – Ist er nicht artig?

Helena. Ja, er gefällt mir wohl!

Diana. Schade, daß er nicht treu! – Da, seht den Schurken,
Der ihn verführt; ja, wär' ich seine Frau,
Dem Buben gäb' ich Gift.

Helena. Wer ist es denn?

Diana. Der Geck mit all den Bändern. Warum ist er wohl melancholisch?

Helena. Er ward vielleicht in der Schlacht verwundet.

Parolles. Die Trommel zu verlieren! – Nun ...

Mariana. Er scheint gewaltig verdrießlich. Seht, er hat uns ausgespäht.

Witwe. Wär' er doch am Galgen!

Mariana. Und sein Grüßen dazu! Solch ein Gelegenheitsmacher!

(Bertram, Parolles und Soldaten ziehn vorüber.)

Witwe. Der Zug ist nun vorbei. Kommt, Pilgerin,
Ich bring Euch unter Dach. Vier öder fünf
Bußfert'ge Waller nach Sankt Jakobs Grab
Sind schon in meinem Haus.

Helena. Ich dank Euch bestens!
Will unsre Wirtin und dies art'ge Mädchen
Mit uns zu Abend speisen? Kost und Dank
Nähm' ich auf mich und gab' als Zahlung gern
Noch einige Lehren dieser Jungfrau mit,
Die wohl zu brauchen sind.

Beide. Wir danken freundlich!

(Alle gehn ab.)

Sechste Szene

Lager vor Florenz.

Bertram und die beiden französischen Edelleute treten auf.

Erster Edelmann. Ja, lieber Graf, versucht's mit ihm; laßt ihm einmal seinen Willen.

Zweiter Edelmann. Wenn Ihr nicht findet, er sei ein Lump, gnädiger Herr, so versagt mir auf immer Eure Achtung.

Erster Edelmann. So wahr ich lebe, gnädiger Herr, eine Schaumblase.

Bertram. Meint Ihr, ich hätte mich so ganz in ihm getäuscht?

Erster Edelmann. Glaubt mir's, Graf, nach allem, was ich unmittelbar von ihm weiß – ohne irgend Bosheit, und indem ich nur von ihm rede, wie ich von meinem Vetter tun würde –, er ist ein ausgemachter Hasenfuß, ein unendlicher und grenzenloser Lügner, ein stündlicher Wortbrecher und Besitzer keiner einzigen Eigenschaft, die es verdiente, daß Eure Herrlichkeit sich seiner annimmt.

Zweiter Edelmann. Es wäre gut, Ihr durchschautet ihn, damit Ihr nicht bei zu viel Vertrauen auf seine Tapferkeit, die er nicht hat, in einem großen und erheblichen Vorfall, wo es gelten möchte, von ihm getäuscht werdet.

Bertram. Ich wollte, es ergäbe sich eine besondere Veranlassung, ihn auf die Probe zu stellen.

Zweiter Edelmann. Am besten, Ihr laßt ihn seine Trommel wieder holen, was er, wie Ihr hört, so zuversichtlich übernimmt.

Erster Edelmann. Ich, mit einem Trupp Florentiner, werde ihn plötzlich überfallen; ich will solche auswählen, die er gewiß nicht vom Feinde unterscheidet. Wir wollen ihn dergestalt fesseln und ihm die Augen verbinden, daß er nicht anders denken soll, als er sei ins Lager der Feinde geführt, wenn wir ihn in unsre eignen Zelte bringen. Seid Ihr nur, mein gnädiger Herr, bei seinem Verhör zugegen; wenn er nicht, um seinen Pardon zu erhalten und in der äußersten Beklemmung einer schändlichen Furcht sich erbietet, Euch zu verraten und alles, was er irgend weiß, gegen Euch auszusagen, ja, und obendrein das ewige Heil seiner Seele verschwört – so sollt Ihr nie wieder meinem Urteil in irgend etwas trauen.

Zweiter Edelmann. Oh, der Lachlust wegen laßt ihn seine Trommel holen. Er sagt, er hat eine Kriegslist dazu. Wenn Ihr alsdann, mein gnädiger Herr, seinem Erfolg auf den Grund seht, und in welche Schlacken dieser aufgehäufte Klumpen Erz einschmelzen wird, und Ihr traktiert ihn hernach nicht wie einen, der eine Tracht Schläge verdient, so ist Eure Zuneigung nicht zu vertilgen. Da kommt er.

(Parolles tritt auf.)

Erster Edelmann. Oh, der Lachlust wegen, hindert den beabsichtigten Spaß nicht, laßt ihn auf jeden Fall seine Trommel holen.

Bertram. Wie geht's, Monsieur? Diese Trommel scheint Euch schwer auf dem Herzen zu liegen.

Zweiter Edelmann. Hol' sie der Henker! laßt sie doch, es ist ja nur eine Trommel.

Parolles. Nur eine Trommel? Nur eine Trommel, sagt Ihr? Eine Trommel so zu verlieren! Das war mir ein herrliches Kommando! Mit der Reiterei in unsern eignen Flügel einzuhauen und unsre eignen Leute zu werfen!

Erster Edelmann. Das war nicht die Schuld des Kommando; es war ein Kriegsunglück, das Cäsar selbst nicht hätte hindern können, wenn er uns kommandiert hätte.

Bertram. Nun, wir haben nicht so sehr über unser Schicksal zu klagen; etwas Unehre bringt uns freilich der Verlust dieser Trommel, aber die ist einmal nicht wiederzubekommen.

Parolles. Man konnte sie wiederbekommen!

Bertram. Man konnte! Aber das ist jetzt vorbei.

Parolles. Man kann sie noch wiederbekommen. Wenn nur das Verdienst im Felde nicht so selten dem wahren und eigentlichen Vollbringer zugerechnet würde. Ich schaffte diese Trommel wieder, oder eine andre, oder hic jacet

Bertram. Nun, wenn Ihr so großes Gelüste danach habt, Monsieur, wenn Ihr glaubt, Eure geheime Wissenschaft von Kriegslisten könne dies Instrument der Ehre wieder in sein heimisches Quartier bringen, so zeigt Euch großherzig in der Unternehmung und geht ans Werk. Ich will den Versuch als eine glorreiche Tat mit Ruhm erheben; wenn sie Euch gelingt, soll der Herzog nicht nur davon sprechen, sondern Euch bis zur kleinsten Silbe Eures Verdienstes so bedenken, wie sich's für seine Größe geziemen wird.

Parolles. Bei der Hand eines Soldaten! ich will's unternehmen.

Bertram. Ihr müßt aber die Sache nicht schlummern lassen.

Parolles. Noch diesen Abend will ich dran; gleich jetzt will ich meinen Operationsplan aufs Papier werfen, mich in meiner Zuversicht ermutigen, mein militärisches Testament aufsetzen – und um Mitternacht mögt Ihr weiter nach mir fragen.

Bertram. Darf ich im voraus den Herzog davon benachrichtigen, daß Ihr Euch an das. Unternehmen macht?

Parolles. Ich weiß nicht, wie der Erfolg sein wird, gnädiger Herr, aber den Versuch belog ich.

Bertram. Ich weiß, du bist tapfer; und für das äußerste, was dein Soldatencharakter nur möglich machen kann, will ich mich für dich verbürgen. Fahre wohl!

Parolles. Ich bin kein Freund von vielen Worten. *(Geht ab.)*

Erster Edelmann. So wenig als ein Fisch vom Wasser. – Ist das nicht ein wunderlicher Kauz, gnädiger Herr, der so zuversichtlich diese Sache zu unternehmen scheint, von der er weiß, sie sei nicht durchzuführen? Der sich dazu verdammt, sie zu tun, und lieber verdammt wäre, eh' er sie täte?

Zweiter Edelmann. Ihr kennt ihn nicht, gnädiger Herr, wie wir. Wahr ist's, daß er sich wohl in jemands Gunst zu stehlen weiß und eine Woche läng mannigfachen Entdeckungen auszuweichen versteht; aber durchschaut ihn einmal, so habt Ihr ihn dann für immer.

Bertram. Wie! meint Ihr denn, er wird von dem allem nichts tun, wozu er sich doch so ernstlich anheischig macht?

Erster Edelmann. Nicht das mindeste; mit einer Erfindung wird er wiederkommen und Euch zwei oder drei wahrscheinliche Lügen auftischen. Aber wir haben ihn schon fast müde gehetzt, und Ihr sollt ihn diese Nacht fallen sehn, denn in der Tat, er verdient Euer Gnaden Achtung nicht.

Zweiter Edelmann. Wir wollen Euch erst noch eine kleine Jagd mit dem Fuchs halten, eh' wir ihn abstreifen. Der alte Herr Lafeu hat ihn zuerst ausgewittert. Wenn er seine Maske einmal abgelegt, sollt Ihr sehn, was für einen Zeisig Ihr an ihm habt, und noch diesen Abend werdet Ihr's erleben.

Erster Edelmann. Ich muß gehn und nach meinen Leimruten sehn; er wird bald fest sein.

Bertram. Doch erst soll Euer Bruder mit mir gehn.

Erster Edelmann. Wie's Euch gefällt; ich will mich Euch empfehlen.
(Ab.)

Bertram. Nun führ ich Euch zum Haus, Ihr seht das Mädchen,
Von der ich sprach.

Zweiter Edelmann. Doch sagt Ihr, sie sei keusch?

Bertram. Das ist ihr Fehl; ich sprach sie einmal nur Und fand sie seltsam streng; doch schickt' ich ihr
Durch jenen Narrn, den wir entlarven wollen,
Geschenk' und Briefe, die zurück sie sandte.
So stehn wir nun. Sie ist ein reizend Kind.
Wollt Ihr sie sehn?

Zweiter Edelmann. Sehr gern, mein gnäd'ger Herr.

(Sie gehn ab.)

Siebente Szene

Florenz. Ein Zimmer im Hause der Witwe.

Helena und die Witwe treten auf.

Helena. Wenn Ihr's bezweifelt, ich sei Helena,
Kann ich Euch nicht noch mehr Beweise geben,
Will ich nicht selbst die Hilfe mir zerstören.

Witwe. Obgleich verarmt, bin ich aus gutem Haus;
Ich wußte nie von solcherlei Geschäft,
Ich möchte jetzt nicht meinen Namen leihn
Zweideut'gem Tun.

Helena. Das war auch nie mein Wunsch.
Vornehmlich glaubt, der Graf sei mein Gemahl,
Und was ich insgeheim Euch anvertraut,
Sei wahr von Wort zu Wort. Dann irrt Ihr nicht,
Wenn Ihr mir, so wie ich gebeten, helft,
Und bleibt von Tadel frei.

Witwe. Ich sollt' Euch glauben.
Denn was Ihr mir geboten, macht es klar,
Ihr seid sehr reich!

Helena. Nehmt diese Börse Gold,
Und laßt mich Euren güt'gen Dienst erkaufen.
Den ich noch einmal, zweimal will bezahlen,
Wenn's mir gelang. – Der Graf bestürmt Eu'r Kind,
Sein üpp'ger Sinn belagert ihre Schönheit
Und strebt nach Sieg – sie geb' ihm endlich nach;
Wir zeigen ihr, wie sich's am besten fügt.
Sein ungestümes Blut wird nichts verweigern,

Was sie begehrt. Der Graf trägt einen Ring,
Seit alter Zeit vererbt in seinem Stamm
Von Sohn zu Sohn, vier, fünf Geschlechter durch,
Seit ihn der erste trug. Er hält dies Kleinod
In höchstem Preis; doch in der heft'gen Glut
Nach seinem Ziele scheint's ihm wohl nicht teuer,
Bereut er's auch hernach.

Witwe. Nun seh ich schon
Das Ziel, wonach Ihr strebt.

Helena. Ihr seht, es ist erlaubt. Nicht mehr verlang ich,
Als daß Eu'r Kind, eh' sie gewonnen scheint,
Den Ring verlangt; ihm eine Zeit bestimmt
Und endlich mir das Weitre überläßt,
Sie selbst in zücht'ger Ferne. Dann versprech ich
Zum Brautschatz außer dem, was ich gelobt,
Dreitausend Kronen noch.

Witwe. Ich bin gewonnen.
Lehrt meine Tochter, wie sie sich verhalte,
Daß Zeit und Stunde dem erlaubten Trug
Behilflich sei'n. Er kommt an jedem Abend
Mit aller Art Musik und Sang, gedichtet
Auf ihren Unwert; und es hilft uns nichts,
Vom Haus ihn schelten, denn er bleibt beharrlich,
Als gölt' es ihm sein Leben.

Helena. Wohl, heut nacht
Beginnen wir das Spiel, das, wenn's gelungen,
Durch bösen Vorsatz frommen Zweck, errungen,
Erlaubte Absicht in erlaubter Tat,

Schuldlosen Wandel auf des Lasters Pfad.
Kommt denn, es auszuführen.

(Sie gehn ab.)

Vierter Akt

Erste Szene

Im florentinischen Lager.

Der erste französische Edelmann tritt auf. Fünf oder sechs Soldaten im Hinterhalt.

Edelmann. Er kann nirgend anders herkommen als an dieser Zaunecke. Wenn ihr auf ihn losstürzt, redet irgendeine fürchterliche Sprache, welche ihr wollt, wenn ihr sie auch selbst nicht versteht, gleichviel; denn wir müssen nicht tun, als verständen wir ihn, außer einem von uns, den wir für unsern Dolmetscher ausgeben müssen.

Soldat. Lieber Hauptmann, laßt mich den Dolmetscher sein.

Edelmann. Bist du nicht mit ihm bekannt? Kennt er deine Stimme nicht?

Soldat. Nein, Herr, gewiß nicht.

Edelmann. Aber was für Kauderwelsch willst du uns erwidern?

Soldat. Eben solches, als Ihr mir sagen werdet.

Edelmann. Er muß uns für einen Haufen Fremder halten, die in feindlichem Solde stehn. Nun hat er von allen benachbarten Sprachen etwas aufgeschnappt, darum muß jeder so sprechen, wie es ihm in den Mund kommt, und nicht drauf achten, was einer dem andern sagt, wenn wir nur das im Auge behalten, was zu unsrer Absicht dient: töricht Gewäsch und Rotwelsch, alles ist gut genug. Ihr, Dolmetscher, müßt recht politisch tun. Aber sacht! duckt euch; hier kommt er, um zwei Stunden zu verschlafen und dann zurückzukommen und auf die Lügen zu schwören, die er schmiedet.

(Parolles tritt auf.)

Parolles. Zehn Uhr! Nach drei Stunden wird's zeitig genug sein, nach Haus zu gehn. Was soll ich sagen, das ich getan habe? Ich muß schon etwas recht Glaubliches erfinden, wenn mir's durchhelfen soll. Sie fangen an, mir in die Karten zu sehn, und das Unglück klopft seit kurzem zu oft an meine Tür. Ich finde, meine Zunge wird zu tolldreist, aber mein Herz hat die Furcht des Mars und seiner Kreaturen vor Augen und wagt nicht, was meine Zunge prahlt.

Edelmann *(beiseit).* Das ist die erste Wahrheit, deren sich deine Zunge je schuldig gemacht.

Parolles. Was in Teufels Namen hat mich nur dazu gebracht, das Wiederschaffen dieser Trommel zu unternehmen? da ich doch klar einsehe, wie unmöglich es ist, und weiß, daß ich niemals solche Absicht hatte! Ich muß mir einige Wunden beibringen und sagen, ich erhielt sie in der Aktion. Aber leichte Wunden werden's nicht tun. Sie werden sagen: Kamst du mit so wenigem davon? und große mag ich mir nicht geben. Was fang ich nun an? Wie führ ich den Beweis? Zunge, ich muß dich in eines Butterweibs Mund stecken und eine andre von Bajazets Maultier kaufen, wenn du mich in solche Gefahren plauderst !

Edelmann *(beiseit).* Ist's möglich, daß er weiß, wer er ist, und dennoch der ist, der er ist?

Parolles. Ich wollte, ich käme damit ab, meine Montur zu zerschneiden oder meine spanische Klinge zu zerbrechen!

Edelmann *(beiseit).* Damit können wir dich nicht absolvieren.

Parolles. Oder mir den Bart zu scheren und zu sagen, es sei eine Kriegslist gewesen!

Edelmann *(beiseit).* Das würde dir nichts helfen!

Parolles. Oder meine Kleider ins Wasser zu werfen und zu sagen, man habe mich ausgezogen?

Edelmann *(beiseit).* Hilft schwerlich.

Parolles. Wollt' ich etwa schwören, ich wäre aus dem Fenster der Zitadelle gesprungen ...

Edelmann *(beiseit).* Wie tief?

Parolles. Dreißig Klafter tief ...

Edelmann *(beiseit).* Das würden dir drei große Schwüre nicht glauben machen.

Parolles. Hätte ich nur eine feindliche Trommel; ich wollte schwören, ich habe sie erobert.

Edelmann *(beiseit).* Gleich sollst du eine hören.

(Trommeln und Geschrei hinter der Szene.)

Parolles. Eine feindliche Trommel!

Edelmann. Throcamovousus, cargo! cargo! cargo!

Alle. Cargo, cargo, vilianda par carbo. *(Sie greifen ihn und verbinden ihm die Augen.)*

Parolles. O Pardon! Pardon! bindet mir nicht die Augen zu!

Dolmetscher. Barcos thromuldo boscos.

Parolles. Ich weiß, ihr seid von Muscos Regiment,
Und 's ist mein Tod, daß mir die Sprache fremd.
Ist hier kein Deutscher, Niederländer, Däne,
Franzose, Italiener? Laßt ihn sprechen,
So sag ich alles, was dem Florentiner
Verderben bringen kann.

Dolmetscher. Boscos vouvado:
Ich rede deine Sprache und versteh dich.
Kerelybonto: Freund,
Schließ deine Rechnung ab, denn siebzehn Dolche
Stehn auf der Brust dir.

Parolles. Oh!

Dolmetscher. Oh, bete, bete,
Mancha revania dulche.

Edelmann. Oscoribi dulchos volivorco.

Dolmetscher. Der Feldherr will, daß man dich noch verschone
Und du verkappt, so wie du bist, ihm folgst
Und Rede stehst; vielleicht berichtst du dann,
Was dir das Leben rettet.

Parolles. Laßt mich leben,
So sag ich, was ich nur vom Heere weiß:
Der Truppen Zahl, den Kriegsplan – ja, ich meld euch,
Was euch verwundern soll.

Dolmetscher. Und ohne Falsch?

Parolles. Ja, sonst will ich verdammt sein.

Dolmetscher. Acordo linta;
Komm denn, man gönnt dir Aufschub.

(Dolmetscher und Parolles ab. Trommeln hinter der Szene.)

Edelmann *(zu einem der Soldaten).*
Geh, sag Graf Roussillon und meinem Bruder,
Der Gimpel sei im Garn und fest vermummt,
Bis sie Bescheid gesendet.

Soldat. Gleich, Herr Hauptmann.

Edelmann. Und sag den Herrn, er woll' uns allzumal
Uns selbst verraten.

Soldat. Wohl!

Edelmann. Doch bis dahin
Soll er im Finstern sitzen, wohl verwahrt.

(Alle gehn ab.)

Zweite Szene

Florenz. Im Hause der Witwe.

Bertram und Diana treten auf.

Bertram. Man sagte mir, Ihr heißet Fontibella?

Diana. Nein, Diana, gnäd'ger Herr.

Bertram. Erhabne Göttin,
Und wert noch mehr als dies! Doch, schönstes Wesen,
Hat deine Wunderform kein Teilchen Liebe?
Belebt nicht Jugendfeuer dein Gemüt,
Bist du kein Mädchen, nein, ein Marmorbild.
Nach deinem Tod erst solltest du das sein,
Was du jetzt bist, so kalt und streng. Doch jetzt

Solltest du sein, wie deine Mutter war,
Als sie dein süßes Bild erschuf.

Diana. Da war sie tugendhaft.

Bertram. Das bist du!

Diana. Nein,
Sie tat nach ihrer Pflicht, wie Euer Weib
Von Euch sie fordert, Graf.

Bertram. Still, davon nichts!
Nicht sprich dafür, wogegen ich geschworen.
Sie ward mir aufgedrungen. Doch dich lieb ich
Durch süßen Liebeszwang und weih auf ewig
Dir meinen treuen Dienst.

Diana. So dient ihr uns,
Bis wir euch dienen. Bracht ihr unsre Rose,
Dann ist's euch gleich, wie uns die Dornen stechen;
Des Raubes lacht ihr dann.

Bertram. Was schwur ich dir?

Diana. Nicht viele Eide sind Beweis von Treue,
Nein, nur ein einz'ger Schwur, wahrhaft gelobt.
Was ist wohl Heiliges, bei dem wir schwören,
Das uns der Höchste nicht bezeugen soll?
Doch nun sagt selbst, ich bitt Euch,
Gelobt' ich Euch bei Amors ew'gen Kräften,
Ich liebt' Euch herzlich, glaubtet Ihr dem Schwur,
Liebt' ich, um Euch zu sdiaden? Wär's nicht sinnlos,
Ihm, dem ich Liebe hoch beteure, schwören,
Ich sann' auf sein Verderben? Euer Eid

Ist drum nur Wort und.Schein, schwach, ohne
Siegel, Mindstens nach meinem Sinn.

Bertram. Oh, ändr' ihn, ändr' ihn!
Sei nicht so heilig grausam! Lieb' ist heilig,
Und meine Lauterkeit kennt nicht die List,
Der du die Männer zeihst. Nicht Ausflucht mehr!
Nein, gib dich meiner kranken Sehnsucht hin,
Die dann gesundet. Sage, du seist mein,
Und so wie heut soll stets mein Lieben sein.

Diana. Ich seh, Ihr schlingt ein Seil zur steilsten Klippe,
Uns zu gefährden. – Gebt mir diesen Ring.

Bertram. Ich leih ihn dir, Geliebte; ihn verschenken Steht nicht bei mir.

Diana. Ihr wollt nicht, gnäd'ger Herr?

Bertram. Es ist ein Ehrenkleinod unsres Hauses,
Von vielen alten Ahnen mir vererbt,
Und mir der größte Makel auf der Welt,
Verlör' ich's.

Diana. Meine Ehr' ist solch ein Ring.
Die Keuschheit ist das Kleinod unsres Hauses,
Von langer Ahnenreihe mir vererbt,
Und mir der größte Makel auf der Welt,
Verlör' ich sie. So führt mir Eure Weisheit
Den Kämpfer Ehre her zu meinem Schirm
Vor Euerm nicht'gen Angriff.

Bertram. Nimm den Ring!
Stamm, Ehre, ja mein Leben selbst sei dein
Und ich dein eigner Knecht.

Diana. Um Mitternacht klopft an mein Kammerfenster,
Ich sorge, daß die Mutter Euch nicht hört.
Jedoch versprecht mir, wie Ihr wahrhaft seid:
Wenn Ihr mein noch jungfräulich Bett erobert,
Bleibt eine Stunde nur und sprecht kein Wort;
Ich habe trift'gen Grund und sag ihn Euch,
Wenn Ihr den Ring dereinst zurückerhaltet.
Und einen andern Ring steck ich heut nacht
An Euern Finger, der zukünftigen Tagen
Ein Pfand sei, was mit uns sich zugetragen.
Lebt wohl bis dahin! Fehlt nicht. Ich erwarb
Ein Weib Euch, wenn auch so mein Hoffen starb.

Bertram. Des Himmels Glück auf Erden dank ich dir!
(Geht ab.)

Diana. Lebt lang! und dankt's dem Himmel einst und mir.
Vielleicht geschieht's dereinst. –
Ganz schilderte sein Werben mir die Mutter,
Als saß' sie ihm im Herzen. Gleiche Eide
Hat, sprach sie, jeder Mann. Ist tot sein Weib,
So schwört er, mich zu frein; drum bin ich tot,
Sei er mein Mann. Wenn so Franzosen werben,
Mag frein, wer will, ich werd' als Mädchen sterben;
Doch dünkt mich keine Sünde, den betrügen,
Der als ein falscher Spieler hofft zu siegen.
(Geht ab.)

Dritte Szene

Im florentinischen Lager.

Die beiden französischen Edelleute und einige Soldaten treten auf.

Erster Edelmann. Ihr habt ihm den Brief seiner Mutter noch nicht gegeben?

Zweiter Edelmann. Ich gab ihn ihm vor einer Stunde; es muß etwas darin stehn, das ihn schmerzlich trifft, denn als er ihn las, ward er fast in ein andres Wesen verwandelt.

Erster Edelmann. Er verdient den schärfsten Tadel, daß er eine so würdige Gemahlin und holde Dame verstoßen hat.

Zweiter Edelmann. Besonders hat er sich des Königs Ungnade für ewige Zeiten zugezogen, der eben seine Huld dazu gestimmt hatte, ihm Glück zu singen. – Ich will Euch etwas sagen, aber es muß in tiefem Dunkel bei Euch verborgen bleiben.

Erster Edelmann. Wenn Ihr's ausgesprochen habt, ist es tot, und es liegt in mir begraben.

Zweiter Edelmann. Er hat hier in Florenz ein junges Fräulein vom sittsamsten Ruf verführt, und diese Nacht sättigt er seine Lust mit dem Raube ihrer Ehre. Er hat ihr seinen Familienring geschenkt und hält sich für überglücklich in dieser unkeuschen Verbindung.

Erster Edelmann. Nun, Gott erbarme sich unsers Abfalls! Was sind wir für Geschöpfe, wenn wir unsern eignen Weg gehn!

Zweiter Edelmann. Nur unsre eignen Verräter. Und wie nach dem gewöhnlichen Lauf aller Verrätereien sie sich immer selbst aufdecken, ehe sie ihr ruchloses Ziel erreicht haben, so wird auch er, der in dieser Tat seinen innern Adel herabsetzt, zugleich der Herold seiner eignen Schande.

Erster Edelmann. Ist es denn nicht eine höchst strafwürdige Gesinnung, selbst die Verkünder unsrer verbotnen Absichten zu sein? – Wir werden ihn also nicht heut abend in unsrer Gesellschaft sehn?

Zweiter Edelmann. Nicht bis Mitternacht, denn das ist die ihm bestimmte Stunde.

Erster Edelmann. Die ist nicht mehr fern. Ich möchte gern, daß er seinen Freund anatomiert sähe, damit er sein eignes Urteil würdigen lerne, in welches er diesen falschen Demant so künstlich eingefaßt hatte.

Zweiter Edelmann. Wir wollen uns mit jenem nicht abgeben, bis der Graf kommt; denn seine Gegenwart muß die Geißel des Gesellen werden.

Erster Edelmann. Sagt mir derweil, was hört Ihr von diesem Krieg?

Zweiter Edelmann. Ich höre, man spricht von Friedensunterhandlungen.

Erster Edelmann. Nein, ich versichre Euch, der Friede ist schon geschlossen.

Zweiter Edelmann. Was wird Graf Roussillon dann beginnen? Wird er Weiterreisen oder nach Frankreich zurückkehren?

Erster Edelmann. Ich schließe aus dieser Frage, daß Ihr nicht ganz in sein Geheimnis eingeweiht seid.

Zweiter Edelmann. Davor behüte mich Gott, Herr! Dann hätte ich auch großen Teil an seinem Tun.

Erster Edelmann. Seine Gemahlin, Herr, entfloh vor zwei Monaten aus seinem Hause; zum Vorwand nahm sie eine Pilgerfahrt zu Sankt Jakob dem Altern und vollbrachte dies heilige Unternehmen mit der strengsten Andacht. Während sie dort noch verweilte, ward die Zartheit ihrer Natur ihrem Kummer zur Beute; endlich seufzte sie ihren letzten Atem aus und betet jetzt im Himmel.

Zweiter Edelmann. Wie weiß man das mit Gewißheit?

Erster Edelmann. Größtenteils aus ihren eignen Briefen; diese bestätigen ihre Geschichte bis auf den Punkt ihres Todes. Ihr Tod selbst, den sie nicht berichten konnte, ward zuverlässig durch den Pfarrer des Orts beglaubigt.

Zweiter Edelmann. Ist das alles dem Grafen zugekommen?

Erster Edelmann. Ja, und die besondern Belege, Punkt für Punkt, zur völligen Bekräftigung der Wahrheit.

Zweiter Edelmann. Es tut mir herzlich leid, daß er darüber froh sein wird.

Erster Edelmann. Wie wunderbar finden wir oft einen Trost in unserm Verlust!

Zweiter Edelmann. Und wie wunderbar benetzen wir oft unsern Gewinn mit Tränen! Die große Auszeichnung, die seine Tapferkeit ihm hier erworben, wird in seinem Vaterlande einer ebenso tiefen Schande begegnen.

Erster Edelmann. Das Gewebe unsres Lebens besteht aus gemischtem Garn, gut und schlecht durcheinander. Unsre Tugenden würden stolz sein, wenn unsre Fehler sie nicht geißelten, und unsre Laster würden verzweifeln, wenn sie nicht von unsern Tugenden ermuntert würden. *(Ein Diener tritt auf.)* Nun, wo ist dein Herr?

Diener. Er begegnete dem Herzog auf der Straße, Herr, und beurlaubte sich feierlich bei ihm. Seine Gnaden wollen morgen nach Frankreich; der Herzog hat ihm Empfehlungsschreiben an den König angeboten.

Zweiter Edelmann. Die werden ihm dort mehr als nötig sein, sagten sie auch mehr zu seinem Lobe, als sie können.

(Bertram tritt auf.)

Erster Edelmann. Sie können nicht süß genug für des Königs herbe Stimmung sein. – Da kommt der Graf. – Nun, gnädiger Herr, ist's nicht schon nach Mitternacht?

Bertram. Ich habe diesen Abend sechzehn Geschäfte abgetan, jedes allein einen Monat lang; so kurz habe ich mich gefaßt. Ich habe vom Herzog Abschied genommen, mich seiner Umgebung empfohlen, ein Weib begraben, Trauer getragen, meiner Mutter geschrieben, ich käme zurück; meine Reise eingerichtet und außer diesen Hauptobliegenheiten noch allerlei kleine Dinge ausgerichtet. Das letzte war das wichtigste, aber mit dem bin ich noch nicht zu Ende.

Zweiter Edelmann. Wenn die Sache einige Schwierigkeit hat und Ihr diesen Morgen abreisen wollt, muß Euer Gnaden sich beeilen.

Bertram. Ich meine, die Sache ist nicht zu Ende, weil ich fürchte, noch in der Folge davon zu hören. – Aber sollen wir nicht die Szene zwischen dem Narrn und den Soldaten aufführen? Kommt, bringt uns dies falsche Muster her; er hat mich betrogen wie ein doppelzüngiger Prophet.

Zweiter Edelmann. Führt ihn her! *(Soldaten ab.)* Er hat die ganze Nacht im Stock gesessen, der arme, tapfre Wicht.

Bertram. Tut nichts; seine Fersen haben's verdient, weil sie sich so lange der Sporen angemaßt. Wie ist denn seine Fassung?

Zweiter Edelmann. Wie ich Euer Gnaden sagte, seine Einfassung ist der Block. Aber um Euch zu antworten, wie Ihr verstanden sein wollt, er weint wie eine Dirne, die ihre Milch verschüttet hat. Er hat dem Morgan gebeichtet, den er für einen Mönch hält, von der Zeit seiner frühesten Erinnerung an bis zu diesem gegenwärtigen Unglück seines Stocksitzens; was meint Ihr wohl, das er gebeichtet hat?

Bertram. Nichts von mir, hoff ich?

Zweiter Edelmann. Seine Beichte ist zu Protokoll gebracht und soll in seiner Gegenwart abgelesen werden. Wenn Euer Gnaden darin vorkommen, wie ich fast glaube, so müßt Ihr die Geduld haben, es anzuhören.

(Die Soldaten kommen zurück mit Parolles.)

Bertram. Hol' ihn der Henker, den vermummten Kerl! Er kann nichts von mir sagen. Still! Still!

Erster Edelmann. Da kommt die Blindekuh! – Porto Tartarossa.

Dolmetscher. Er ruft nach der Tortur – wollt Ihr nicht ohne das bekennen?

Parolles. Ich will ohne Zwang sagen, was ich weiß; wenn Ihr mich kerbt wie einen Pastetendeckel, ich kann nicht mehr sagen.

Dolmetscher. Bosco chimurcho.

Zweiter Edelmann. Boblibindo chicurmurco.

Dolmetscher. Ihr seid ein gnädiger General. – Unser General befiehlt Euch auf die Fragen zu antworten, die ich von meinem Zettel vorlesen werde.

Parolles. Und so wahrhaft, als ich zu leben hoffe.

Dolmetscher. "Zuerst fragt ihn, wie stark des Herzogs Reiterei ist." – Was sagt Ihr dazu?

Parolles. Fünf- bis sechstausend; aber sehr schwach und schlecht exerziert; die Truppen sind alle verstreut und die Hauptleute arme Teufel – auf meine Ehre und Reputation, so wahr ich zu leben hoffe!

Dolmetscher. Soll ich Eure Antwort so niederschreiben?

Parolles. Tut das; ich will das Sakrament darauf nehmen, wie und wo Ihr wollt.

Bertram. Dem ist alles eins; der Schurke ist ohne Gnade verloren!

Erster Edelmann. Ihr irrt Euch, gnädiger Herr, es ist Monsieur Parolles, der ausbündige Günstling des Mars (das war seine eigne Phrase), der die ganze Theorie der Kriegskunst in dem Knoten seiner Schärpe trägt und die Praxis im Gehenk seines Seitengewehrs.

Zweiter Edelmann. Ich will nie wieder jemand trauen, weil er seine Klinge blank hält, noch glauben, daß er der höchste der Menschen sei, weil sein Anzug sauber ist.

Dolmetscher. Gut, das ist geschrieben.

Parolles. Fünf- oder sechstausend Pferde, sagte ich, ich will aufrichtig sein, oder so ungefähr, schreibt hin, denn ich will die Wahrheit sagen.

Erster Edelmann. Hierin ist er der Wahrheit sehr nahe.

Bertram. Aber ich weiß ihm keinen Dank für die Art und Weise, wie er sie aussagt.

Parolles. Arme Teufel, das schreibt doch ja!

Dolmetscher. Gut, da steht's!

Parolles. Untertänigsten Dank, Herr; wahr bleibt wahr; es sind recht miserable Teufel.

Dolmetscher. "Fragt ihn, wie stark ihr Fußvolk ist." – Was sagt Ihr dazu?

Parolles. Auf meine Ehre, Herr (hätt' ich nur noch diese Stunde zu leben), ich will die Wahrheit sagen. Laßt sehn: Spurio einhundertundfünfzig – Sebastian ebensoviel – Corambus ebensoviel – Jaques ebensoviel – Guiltian, Cosmo, Lodovico und Grazii, jeder zweihundertundfünfzig – meine eigene Kompanie, Chitopher, Vaumond, Benzii, jeder zweihundertundfünfzig, so daß die Musterrolle, Gesunde und Kranke, sich bei meiner Ehre nicht auf fünfzehntausend Köpfe beläuft; und von denen wagt die Hälfte nicht den Schnee von ihren Wämsern abzuschütteln, damit sie nicht auseinanderfallen.

Bertram. Was soll man mit ihm anfangen?

Erster Edelmann. Nichts, als sich bei ihm bedanken. – Fragt ihn doch nach meinen Umständen, und wie ich beim Herzog angeschrieben bin.

Dolmetscher. Gut, das steht geschrieben. – "Ihr sollt ihn fragen, ob ein gewisser Hauptmann Dumain im Lager ist, ein Franzose; in welchem Ruf er beim Herzog steht; wie es mit seiner Tapferkeit, Rechtschaffenheit und Kriegskenntnis beschaffen ist; und ob er's nicht für möglich hält, ihn mit einer vollwichtigen Summe zur

Desertion zu bestechen." Was sagt Ihr dazu? Wißt Ihr etwas davon?

Parolles. Bitt Euch, laßt mich diese Fragstücke einzeln beantworten; fragt jedes besonders.

Dolmetscher. Kennt Ihr diesen Hauptmann Dumain?

Parolles. Ich kenne ihn! Er war bei einem Kleiderflicker in Paris in der Lehre, von dort wurde er weggepeitscht, weil er des Landrichters blödsinnige Magd geschwängert hatte – ein einfältiges stummes Ding, die nicht nein sagen konnte.

(Dumain hebt im Zorn seine Hand auf.)

Bertram. Nein, ich bitte Euch, laßt Eure Hand in Ruhe, sein Schädel gehört dem ersten Ziegel, der vom Dach fällt.

Dolmetscher. Nun, und ist dieser Hauptmann im Lager des Herzogs von Florenz?

Parolles. Soviel ich weiß, steckt er da und voller Läuse.

Erster Edelmann. Oh, seht mich nicht so an, gnädiger Herr; nun wird gleich die Reihe an Euch kommen.

Dolmetscher. In welchem Ruf steht er beim Herzog?

Parolles. Der Herzog kennt ihn nur als einen armen Offizier von meiner Kompanie und schrieb mir vor ein paar Tagen, ich solle ihn fortjagen. Ich glaube, ich habe seinen Brief noch in der Tasche.

Dolmetscher. Kommt, wir wollen nachsuchen.

Parolles. In vollem Ernst, ich weiß doch nicht; entweder ist er da, oder er hängt mit des Herzogs andern Briefen auf dem Faden in meinem Zelte.

Dolmetscher. Hier ist er, hier ist ein Papier. Soll ich's Euch vorlesen?

Parolles. Ich weiß nicht, ob er's ist oder nicht.

Bertram. Unser Dolmetscher macht es gut!

Erster Edelmann. Vortrefflich!

Dolmetscher *(liest).* "Diana, der Graf ist ein Narr und schwer von Gold ..."

Parolles. Das ist nicht des Herzogs Brief, Herr; das ist eine Warnung für ein artiges Mädchen in Florenz, eine gewisse Diana, sich vor den Lockungen eines gewissen Grafen von Roussillon in acht zu nehmen, eines albernen, müßigen jungen Menschen, der aber bei alledem sehr verliebt ist. Ich bitte Euch, Herr, steckt ihn wieder ein.

Dolmetscher. Nein, ich will ihn erst lesen, wenn Ihr erlaubt.

Parolles. Meine Absicht dabei war bei meiner Ehre sehr redlich, zum Besten des Mädchens; denn ich kenne diesen jungen Grafen als einen gefährlichen und liederlichen Burschen, einen rechten Walfisch aller Jungfernschaft, der jede Beute verschlingt, die ihm in den Wurf kommt.

Bertram. Verdammter Kerl! Auf beiden Seiten ein Schurke!

Dolmetscher *(liest).*
„Schwört er, so fordre Gold und halt es klüglich;
        Sonst zahlt er nie die Zeche nach dem Zechen.
Wer halb gewinnt, kauft gut, drum sag ich füglich,
Weil er nicht nachzahlt, laß vorher ihn blechen.
Und, Diana, ein Soldat tut dir zu wissen:
Mit Männern halt's, nicht Knaben laß dich küssen.
Dem Braven trau, dem Grafen nimmermehr:

Zahlt er voraus nicht, prellt er hinterher.
Der deine, wie er dir ins Ohr gelobt. Parolles.“

Bertram. Er soll durchs ganze Lager gepeitscht werden, mit diesem Reim an seiner Stirn.

Zweiter Edelmann. Das ist Euer treu ergebner Freund, Herr, der vielbewanderte Sprachkenner und waffenkundige Soldat.

Bertram. Ich habe von jeher alles ertragen können, nur keine Katze, und nun ist er eine Katze für mich.

Dolmetscher. Ich schließe aus des Feldherrn Blicken, Herr, daß wir wohl nicht werden umhin können, Euch aufzuhängen.

Parolles. O Herr, nur mein Leben, auf jeden Fall. Nicht, daß ich mich vor dem Tode fürchte, sondern weil meiner Sünden so viel sind, daß ich sie gern in dieser Zeitlichkeit abbüßen möchte. Laßt mich leben, Herr, in einem Kerker, im Block, wo es auch sei, wenn ich nur lebe.

Dolmetscher. Wir wollen sehn, was sich tun läßt, wenn Ihr aufrichtig bekennt. Also, um nochmals auf diesen Hauptmann Dumain zu kommen; über sein Ansehn beim Herzog und über seine Tapferkeit habt Ihr geantwortet. Wie steht's um seine Rechtschaffenheit?

Parolles. Er wird Euch ein Ei aus einem Kloster stehlen. An Gewalttätigkeiten und Entführungen kommt er dem Nessus gleich. Er gibt sich nie damit ab, seine Eide zu halten; sie zu brechen, darin ist er stärker als Herkules. Lügen kann er mit solcher Geläufigkeit, daß Ihr die Wahrheit für eine Närrin halten solltet. Trunkenheit ist seine beste Tugend, denn er säuft Euch wie ein Vieh, und in seinem Schlaf tut er niemand was zuleide als seinen Betttüchern. Aber man kennt seine Unarten schon und legt ihn auf

Stroh. Sonst weiß ich nicht viel mehr von seiner Rechtschaffenheit zu sagen, Herr, er hat alles, was ein rechtschaffner Mann nicht haben sollte; und was ein rechtschaffner Mann haben sollte, davon hat er nichts.

Erster Edelmann. Ich fange an, ihm dafür gut zu werden.

Bertram. Für diese Beschreibung deiner Rechtschaffenheit? Ich meinesteils wünsche ihn zum Henker; er wird mir immer mehr und mehr zur Katze.

Dolmetscher. Was sagt Ihr von seiner Kriegskenntnis?

Parolles. Meiner Treu', er hat die Trommel vor den englischen Komödianten her geschlagen; belügen möchte ich ihn eben nicht, und mehr weiß ich nicht von seiner Soldatenschaft, außer daß er in England die Ehre hatte, Dienste an einem Orte zu tun, den sie dort Mile-EndDer Exerzierplatz der Londoner Stadtgarde (Miliz).nennen; und da hat er die Leute exerziert, zwei Mann hoch zu stehn. Ich möchte dem Menschen gern alle mögliche Ehre antun, aber dieser Sache bin ich nicht recht gewiß.

Erster Edelmann. Er hat den Schuft so überschuftet, daß die Seltenheit ihn freispricht.

Bertram. Zum Henker mit ihm! Er bleibt immer eine Katze.

Dolmetscher. Da seine Eigenschaften so wenig wert sind, so brauche ich Euch wohl nicht zu fragen, ob Gold ihn wohl zur Desertion verführen könnte?

Parolles. Für einen Vierteltaler verkauft er Euch das Freilehn seiner Seligkeit, sein Erbrecht dran, und prellt alle seine Agnaten um ihre Anwartschaft und Sukzession auf ewige Zeiten.

Dolmetscher. Was sagt Ihr denn von seinem Bruder, dem andern Hauptmann Dumain?

Zweiter Edelmann. Warum fragt er ihn nach mir?

Dolmetscher. Wie ist's mit dem?

Parolles. Auch eine Krähe aus demselben Nest; nicht ganz so groß als der ältste im Guten, aber ein großes Teil größer im Bösen. Er übertrifft seinen Bruder als Memme, und doch gilt sein Bruder für eine der vorzüglichsten in der Welt. Auf der Flucht überrennt er jeden Läufer, und wenn's zum Angriff geht, hat er den Krampf.

Dolmetscher. Wenn Euch das Leben geschenkt wird, wollt Ihr dann versprechen, den Herzog von Florenz zu verraten?

Parolles. Ja, und den Anführer seiner Reiterei, den Grafen Roussillon, obendrein.

Dolmetscher. Ich will heimlich mit dem General reden und hören, was sein Wille ist.

Parolles *(beiseit).* Ich will keine Trommeln mehr; hol' die Pest alle Trommeln! Nur um den Schein des Verdiensts zu haben und den Argwohn dieses liederlichen jungen Grafen zu hintergehn, habe ich mich in solche Gefahr begeben. Wer hätte aber auch einen Hinterhalt vermutet, wo ich gefangen ward?

Dolmetscher. Es ist keine Hilfe, Freund, Ihr müßt sterben. Der General sagt, wer so verräterisch die Geheimnisse seines Heeres entdeckt und so giftige Berichte über höchst ehrenwerte Männer aussagt, könne der Welt nicht redlich nützen; darum müßt Ihr sterben. Kommt, Scharfrichter, herunter mit seinem Kopf!

Parolles. O Gott, Herr, laßt mich leben, oder laßt mich meinen Tod sehn!

Dolmetscher. Das sollt Ihr, und Abschied nehmen von allen Euren Freunden. *(Er nimmt ihm die Binde ab.)* So, seht Euch um; kennt Ihr jemand hier?

Bertram. Guten Morgen, edler Hauptmann!

Zweiter Edelmann. Gott segn' Euch, Hauptmann Parolles!

Erster Edelmann. Gott schütz' Euch, edler Hauptmann!

Zweiter Edelmann. Hauptmann, habt Ihr einen Gruß für Herrn Lafeu? Ich will nach Frankreich.

Erster Edelmann. Lieber Hauptmann, wollt Ihr mir nicht eine Abschrift von dem Sonett geben, das Ihr an Diana geschickt, um ihr den Grafen von Roussillon zu empfehlen? Wenn ich nicht eine Erzmemme wäre, so zwänge ich sie Euch ab; aber so lebt wohl!

(Bertram und die Edelleute gehn ab.)

Dolmetscher. Ihr seid verloren, Hauptmann, ganz aufgelöst; nur Eure Schärpe ist es nicht, die hat noch einen Knoten.

Parolles. Wen zertrümmerte wohl nicht ein solches Komplott?

Dolmetscher. Könntet Ihr ein Land auffinden, wo die Weiber nicht mehr Scham hätten als Ihr, Ihr würdet dort ein recht unverschämtes Volk stiften. Gehabt Euch wohl, Herr. Ich will auch nach Frankreich; wir werden dort von Euch erzählen. *(Geht ab.)*

Parolles. Doch bin ich dankbar. Wäre groß mein Herz,
Jetzt bräch' es! Mit der Hauptmannschaft ist's aus;
Doch soll mir Speis' und Trank und Schlaf gedeihn,
Als wär' ich Hauptmann; nähren muß mich nun
Mein nacktes Selbst. Wer sich erkennt als Prahler,
Der nehm' ein Beispiel dran; es kann nicht fehlen,
Kein Großmaul weiß sein Eselsohr zu hehlen.
Verroste, Schwert, und Scham, fahr hin! Glück auf;
Beginn als Narr den neuen Lebenslauf,
Denn noch sind Platz und Unterhalt zuhauf.
Ich geh mit ihnen. *(Er geht ab.)*

Vierte Szene

Florenz. Im Hause der Witwe.

Helena, die Witwe und Diana treten auf.

Helena. Damit Ihr klar erkennt, ich täuscht' Euch nicht,
Sei meine Bürgschaft einer von den Größten
Der Christenheit, vor dessen Thron notwendig
Ich knien muß, eh' ich meinen Zweck erreicht.
Ich hab ihm einst erwünschten Dienst getan,
Kostbar, wie fast sein Leben, solche Wohltat,
Daß selbst des harten Skythen Herz gerührt
Ihm Dank nachriefe. Sichre Kunde ward mir,
Daß in Marseille der König sei; dorthin
Reis ich mit schicklichem Geleit. Ihr wißt,
Man glaubt mich tot; der Graf, nachdem das Heer
Sich aufgelöst, wird nach der Heimat ziehn,
Und mit des Himmels Beistand und des Königs
Vergunst, hoff ich, noch vor ihm dort zu sein.

Witwe. Ihr hattet nimmer eine Dienerin,
Verehrte Frau, der Eu'r Geschick so nah
Am Herzen lag.

Helena. Noch eine Freundin Ihr,
Die mit so treuem Eifer Eurer Güte
Zu lohnen strebte. Zweifelt nicht, der Himmel
Schickt mich, Eu'r junges Fräulein auszustatten,
Und wählte sie als Mittlerin, den Gatten
Mir zuzuwenden. O seltsame Männer!
So süß könnt ihr behandeln, was ihr haßt,
Wenn der betrognen Sinne lüstern Wähnen
Die schwarze Nacht beschämt. So spielt die Lust

Mit dem, was sie verabscheut, unbewußt.
Doch mehr hiervon ein andermal. Ihr, Diana,
Müßt unter meiner armen Leitung manches
Für mich noch dulden.

Diana. Folgt auch Tod in Ehren
Mit dem, was Ihr mir auflegt, ich bin Euer,
Und trage, was Ihr fordert.

Helena. Nur Geduld!
Eh' wir uns umsehn, bringt die Zeit den Sommer,
Dann trägt die Rose Blüten so wie Dornen,
So süß als scharf. Wir müssen jetzt von hier,
Der Wagen steht bereit, die Zukunft winkt.
Ende gut, alles gut. Das Ziel beut Kronen,
Wie auch der Lauf; das Ende wird ihn lohnen.

(Sie gehn ab.)

Fünfte Szene

Roussillon.

Die Gräfin, Lafeu und der Narr treten auf.

Lafeu. Nein, nein, nein, Euer Sohn ward von dem verdammten, taftgeschnitzten Kerl dort verführt, dessen niederträchtiger Safran wohl die ganze ungebackne und teigichte Jugend einer Nation hätte färben können. Eure Schwiegertochter lebte sonst noch diese Stunde, Euer Sohn wäre hier in Frankreich, und der König hätte ihn weiter gefördert als jene rotgeschwänzte Hummel, von der ich rede.

Gräfin. Ich wollte, ich hätte ihn nie gekannt. Er gab den Tod dem tugendhaftesten Mädchen, mit deren Schöpfung sich die Natur jemals Ehre erwarb. Wäre sie aus meinem Blut und kostete mir die tiefsten Seufzer einer Mutter, meine Liebe zu ihr könnte nicht tiefer gewurzelt sein.

Lafeu. Es war ein gutes Mädchen, ein gutes Mädchen. Wir können tausendmal Salat pflücken, eh' wir wieder solch ein Kraut antreffen.

Narr. Ja wahrhaftig, sie war das Tausendschönchen im Salat, oder vielmehr der echte Ehrenpreis.

Lafeu. Das sind ja keine Salatkräuter, du Schelm, das sind ja Gartenblumen.

Narr. Ich bin kein großer Nebukadnezar, Herr; ich verstehe mich nicht sonderlich auf Gras.Nebukadnezar ist der Sage nach zeitweilig in einen Stier verwandelt gewesen.

Lafeu. Für was gibst du dich eigentlich, für einen Schelm oder einen Narren?

Narr. Für einen Narren, Herr, im Dienst einer Frau, und für einen Schelm im Dienst eines Mannes.

Lafeu. Wie das?

Narr. Den Mann würd' ich um seine Frau prellen und seinen Dienst tun ...

Lafeu. Dann wärst du freilich ein Schelm in seinem Dienst!

Narr. Und seiner Frau liehe ich meine Pritsche und böte ihr meinen Dienst.

Lafeu. Ich will für dich gutsagen, daß du beides, ein Schelm und ein Narr bist.

Narr. Zu Euerm Dienst.

Lafeu. Nein, nein, nein!

Narr. Nun, Herr, wenn ich Euch nicht dienen kann, so nehme ich Dienste bei einem Prinzen, der ein ebenso großer Herr ist, als Ihr seid.

Lafeu. Bei wem denn? Einem Franzosen?

Narr. Mein' Seel', er hat einen englischen Namen, aber seine Physiognomie hat mehr Feuer in Frankreich als in England.

Lafeu. Welchen Prinzen meinst du?

Narr. Den schwarzen Prinzen, alias den Fürsten der Finsternis, alias den Teufel.

Lafeu. Halt, da ist meine Börse. Ich gebe dir das nicht, um dich deinem Herrn, von dem du sprichst, abspenstig zu machen; diene ihm nur immerhin.

Narr. Ich bin aus einem Holzlande, Herr, und war von jeher ein Liebhaber von großem Feuer, und die Herrschaft, von der ich sage, hat immer ein gutes Feuer gehalten. Aber da er einmal der Fürst dieser Welt ist, mag sein Adel an seinem Hof bleiben; ich bin für das Haus mit der engen Pforte, die wohl zu klein für die Magnaten ist. Wer sich eben bücken will, kommt wohl durch; aber die meisten werden zu frostig und zu verwöhnt sein und wandeln auf dem blumigen Pfade, der zur breiten Pforte und zum großen Feuer führt.

Lafeu. Geh deiner Wege, ich fange an, dich satt zu haben, und ich sage dir's beizeiten, denn ich möchte nicht, daß wir in Unfrieden gerieten. Geh deiner Wege, laß nach meinen Pferden sehn; aber ohne Schelmenstreiche.

Narr. Wenn ich ihnen mit Streichen komme, Herr, so sollen's Peitschenstreiche sein, die gebühren ihnen nach dem Gesetz der Natur. *(Geht ab.)*

Lafeu. Ein durchtriebener, boshafter Schelm!

Gräfin. Das ist er. Mein seliger Graf machte sich vielen Spaß mit ihm. Nach seinem Willen darf er hierbleiben, und das hält er für einen Freibrief für seine Unverschämtheiten; und in der Tat, er bleibt nie auf der Bahn und rennt, wohin es ihm gefällt.

Lafeu. Ich habe ihn gern; der Bursch ist nicht uneben. Ich war vorhin im Begriff, Euch zu sagen, daß ich, als ich den Tod der armen jungen Gräfin vernommen, und weil Euer Sohn auf der Heimreise ist, den König, meinen Herrn, ersucht habe, sich für meine Tochter zu verwenden; ein Vorschlag, den Seine Majestät, als beide noch Kinder waren, aus eignem Allerhöchsten Antriebe zuerst getan. Seine Hoheit hat mir's zugesagt; und es gibt kein beßres Mittel, die Ungnade abzuwenden, die er gegen Euern Sohn gefaßt hat. Was sagt Ihr dazu, gnädige Frau?

Gräfin. Ich bin ganz mit Euch einverstanden, mein Herr, und hoffe, Ihr führt es glücklich aus.

Lafeu. Seine Hoheit kommt in Eil' von Marseille, so frisch und rüstig, als zählte er dreißig. Er wird morgen hier sein, oder ein Freund, der in solchen Dingen gewöhnlich gut unterrichtet ist, müßte, mich getäuscht haben.

Gräfin. Es freut mich, daß ich hoffen darf, ihn vor meinem Ende wiederzusehen. Ich habe Briefe, daß mein Sohn heut abend hier sein wird, und bitte Euch, gnädiger Herr, bei mir zu verweilen, bis sie hier zusammentreffen.

Lafeu. Eben überlegte ich mir, gnädige Frau, auf welche Weise ich am besten Zutritt erhalten könnte.

Gräfin. Ihr braucht nur das ehrenwerte Vorrecht Eures Namens geltend zu machen.

Lafeu. Das habe ich nur allzuoft als zuverlässiges Geleit benutzt; und dem Himmel sei Dank, noch gilt es wohl.

(Der Narr kommt zurück.)

Narr. O gnädige Frau, draußen ist der junge Graf, Euer Sohn, mit einem Samtpflaster auf dem Gesicht. Ob eine Schmarre darunter ist oder nicht, mag der Samt wissen; aber es ist ein stattliches Samtpflaster Sein linker Backen ist ein Backen von drittehalb Haaren; aber sein rechter Backen ist kahl getragen.

Lafeu. Eine rühmlich erhaltene Schmarre ist ein edles Abzeichen der Ehre; das wird auch diese wohl sein.

Narr. Aber sein Gesicht sieht aus wie eine Karbonade.

Lafeu. Laßt uns Euerm Sohn entgegengehn, ich bitte Euch; ich sehne mich, den edlen jungen Krieger zu sprechen.

Narr. Meiner Treu', draußen steht ein ganzes Dutzend von ihnen, mit allerliebsten, feinen Hüten und überaus höflichen Federn, die sich verneigen und jedermann zunicken.

(Alle gehn ab.)

Fünfter Akt

Erste Szene

Straße in Marseille.

Helena, die Witwe und Diana treten auf.

Helena. Doch dies unmäß'ge Reisen, Tag und Nacht,
Muß Euch erschöpfen. Ändern kann ich's nicht.
Doch weil Ihr Nacht und Tag zu eins gemacht,
Daß mir zulieb' Ihr kränkt den zarten Leib,
Faßt Mut! Ihr wuchst so fest in meiner Schuld,
Daß nichts Euch kann entwurzeln. – Wie erwünscht!
(Ein edler Falkonier tritt auf.)
Der Mann kann mir Gehör beim König schaffen,
Wenn er sein Ansehn brauchen will. Gott grüß' Euch!

Edelmann. Und Euch.

Helena. Mir scheint, ich sah Euch schon an Frankreichs Hof.

Edelmann. Ich war zuzeiten dort.

Helena. Ich hoffe, Herr, Ihr habt noch nicht verleugnet,
Was alle Welt von Eurer Güte rühmt,
Und drum, gedrängt von strenger Not des
Schicksals, Wo wir die Form vergessen, wend ich mich
An Eure Tugend, deren ich mit Dank
Fortan gedenken will.

Edelmann. Was ist Eu'r Wunsch?

Helena. Daß Ihr geruhn mögt,
Dies arme Blatt dem König einzuhänd'gen
Und mir mit Euerm Einfluß beizustehn,
Daß er mich hören wolle.

Edelmann. Der König ist nicht hier.

Helena. Nicht hier, Herr?

Edelmann. Nein.
Er reiste gestern nacht von hier, und schneller,
Als er sonst pflegt.

Witwe. Gott, welch vergeblich Mühn!

Helena. Ende gut, alles gut! bleibt doch mein Trost,
Ob auch die Zeit entgegen, schwach die Kraft. –
Ich bitt Euch, sagt, wohin er abgereist?

Edelmann. Nun, wenn ich recht gehört, nach Roussillon,
Wohin ich selber gehn will.

Helena. Ich ersuch Euch,
Da Ihr den König eh'r wohl seht als ich,
Legt dies Papier in seine gnäd'ge Hand.
Ich hoff, es zieht Euch keinen Tadel zu,
Vielleicht verdient es eh'r Euch einen Dank.
Ich werd' Euch folgen mit so schneller Eil',
Wie irgend möglich.

Edelmann. Das soll gern geschehn.

Helena. Und Euer wartet einst der beste Dank,
Was auch geschehn mag. Jetzt zu Pferde wieder.
Auf, laßt uns eilen!

(Sie gehn ab.)

Zweite Szene

Roussillon,

Der Narr und Parolles treten auf.

Parolles. Lieber Monsieur Lavache, gebt dem gnädigen Herrn Lafeu diesen Brief. Ihr habt mich wohl sonst vornehmer gekannt, Herr, als ich noch mit frischeren Kleidern in vertrautem Umgang lebte. Aber nun, Herr, bin ich in Fortunens Morast muddig geworden und rieche etwas streng nach ihrer strengen Ungnade.

Narr. Mein' Seel', Fortunens Ungnade muß recht garstig sein, wenn sie so strenge riecht, wie du sagst. Ich werde künftig keinen Fisch aus Fortunens Bratpfanne mehr essen. Bitt dich, stelle dich unter den Wind.

Parolles. Nun Freund, Ihr braucht Euch die Nase drum nicht zuzuhalten, ich rede nur in einer Metapher.

Narr. Ja, mein Bester, wenn Eure Metapher stinkt, so werde ich meine Nase zuhalten, und das bei jedermanns Metapher. Bitt dich, geh fürbaß!

Parolles. Habt die Gewogenheit, mein Freund, und besorgt mir dies Papier.

Narr. Puh! Mache, daß du wegkommst. Ein Papier aus Fortunens Nachtstuhl einem Edelmann geben? Sieh, da kommt er selbst. *(Lafeu tritt auf.)* Hier ist ein Kater der Fortuna, Herr, oder eine Fortunakatze, aber keine Bisamkatze, welche in den unsaubern Fischteich ihrer Ungnade gefallen und, wie er sagt, muddig geworden ist. Ich bitte Euch, Herr, verfahrt mit diesem Karpfen, wie Ihr Lust habt, denn er sieht aus wie ein armer, schäbiger, kniffiger, närrischer, schelmenhafter Taugenichts. Ich bemitleide seinen Unstern mit meinem trostreichen Lächeln und lasse ihn Euer Gnaden. *(Geht ab.)*

Parolles. Gnädiger Herr, ich bin ein Mann, den Fortuna jämmerlich zerkratzt hat.

Lafeu. Und was kann ich dabei tun? Jetzt ist's zu spät, ihr die Nägel zu schneiden. Was habt Ihr der Fortuna für Streiche gespielt, daß sie Euch kratzen mußte? An sich ist sie doch eine gute Dame, die nur nicht leiden kann, daß es den Schelmen zu lange unter ihrem Schutz wohl gehe. Da habt Ihr einen Vierteltaler – laßt Euch die Richter wieder mit ihr aussöhnen; ich habe mehr zu tun.

Parolles. Ich ersuche Euer Gnaden, hört mich nur auf ein einziges Wort.

Lafeu. Ihr bittet um einen einzigen Pfennig mehr; gut, Ihr sollt ihn haben; spart Euer Wort.

Parolles. Mein Name, gnädiger Herr, ist Parolles.

Lafeu. So bittet Ihr mich um mehr als ein Wort. Potz Element! Gebt mir Eure Hand; was macht Eure Trommel?

Parolles. Oh, mein gnädiger Herr, Ihr wart der erste, der mich ausfand.

Lafeu. War ich's, wirklich? Und ich war auch der erste, der dich verlor.

Parolles. Nun steht's bei Euch, gnädiger Herr, mich wieder in einige Gnade zu bringen; denn Ihr brachtet mich heraus.

Lafeu. Pfui, schäme dich, Kerl! Schiebst du mir zugleich das Amt Gottes und des Teufels zu? Der eine bringt dich in die Gnade hinein, der andre bringt dich aus ihr heraus. *(Trompetenstoß.)* Der König kommt, ich hör es an seinen Trompeten. Frag ein andermal wieder nach mir, Bursch; ich sprach noch gestern abend von dir. Obgleich du ein Narr und ein Schelm dazu bist, sollst du doch nicht verhungern; komm nur mit.

Parolles. Ich preise Gott für Euch. *(Sie gehn ab.)*

Dritte Szene

Ebendaselbst.

Trompetenstoß. Der König, die Gräfin von Roussillon, Lafeu, Edelleute und Gefolge treten auf.

König. Ein Kleinod haben wir an ihr verloren,
Und unsre Gunst ward ärmer. Doch Eu'r Sohn,
Durch Tollheit wie verrückt, war ohne Sinn
Für ihren vollen Wert.

Gräfin. Nun ist's geschehn;
Und ich ersuch Eu'r Hoheit, seht es an
Als einen Aufruhr jugendlicher Glut,
Wenn Öl und Feu'r, zu stark für die Vernunft,
In Flammen überwallt.

König. Verehrte Frau,
Vergeben hab ich alles und vergessen,
Obgleich mein Zorn sich stark auf ihn gespannt
Und fertig war zum Schuß.

Lafeu. Dies muß ich sagen
(Doch bitt ich erst Vergunst), der junge Graf
Verging sich schwer an seinem Könige,
An seiner Mutter und an seiner Gattin,
Am meisten doch an sich. Ihm starb ein Weib,

Des Schönheit auch das reichste Aug' geblendet,
Des Rede jeglich Ohr gefangennahm,
Des hoher Wert auch überstolze Herzen
Zum Dienen zwang.

König. Das preisen, was dahin,
Macht im Erinnern Schmerz. – Nun ruft ihn her!
Wir sind versöhnt; der erste Anblick töte
Jeglich Erwähnen. Nicht um Gnade bitt' er;
Der Geist erlosch, durch den er schwer gesündigt;
Und tiefer als Vergessen sei begraben
Des Brandes Zunder. Komm' er denn zu Uns
Als Fremder, als Beleid'ger nicht; erklärt ihm,
Was Unser Wille sei.

Edelmann. Sogleich, mein König! *(Ab.)*

König. Spracht Ihr mit ihm von Eurer Tochter, Herr?

Lafeu. Er fügt sich ganz in Eurer Hoheit Willen.

König. So gibt's 'ne Hochzeit. Ich erhielt ein Schreiben,
Das rühmlich sein gedenkt.

(Bertram tritt auf.)

Lafeu. Er scheint vergnügt.

König. Ich bin kein Tag, unwandelbar verfinstert;
Denn Sonnenschein und Hagel stehn zugleich
Auf meiner Stirn; doch weicht den hellsten Strahlen
Die dunkle Wolke. Darum komm nur näher;
Der Himmel hellt sich auf.

Bertram. Die tiefbereute Schuld
Verzeiht, mein teurer Lehnsherr!

König. Alles gut!
Kein Wort nun mehr von der vergangnen Zeit!
Am Stirnhaar laß den Augenblick uns fassen,
Denn Wir sind alt, und Unsre schnellsten Schlüsse
Beschleicht der unhörbare, leise Fuß
Der Zeit, eh' sie vollzogen sind. Gedenkt Ihr
Der Tochter dieses Herrn?

Bertram. Und mit Bewundrung stets, mein Fürst.
Zuerst Fiel meine Wahl auf sie, eh' noch mein Herz
Die Zung' erkor als allzu dreisten Herold.
Dann, als ihr Bild geprägt in mein Gemüt,
Lieh mir sein höhnend Fernglas spröder Stolz,
Das jedes fremden Reizes Zug' entstellte,
Der Wangen Rot verschmäht', als sei's erborgt,
Und alle Formen einzog oder dehnte
Zu widerwärt'ger Häßlichkeit. So kam's,
Daß sie, die alle priesen, die ich selbst
Geliebt, seit sie mir starb, in meinem Auge
Der Staub ward, der's geblendet.

König. Gut entschuldigt!
Daß du sie liebst, tilgt große Summen weg
Von deiner Rechnung. Doch zu spätes Lieben
Klagt wie Begnad'gung, zögernd überbracht,
Den großen Richter an mit bitterm Vorwurf
Und ruft: gut ist, was tot. Der hast'ge Irrtum
Verschmäht als niedrig unser bestes Gut
Und schätzt es nicht, bis es im Grabe ruht.
Verkennen oft, zu eignem Ungemach,
Zerstört den Freund und weint dem Toten nach;
Beweint die wache Lieb' ein teures Leben,

Wird roher Haß sich starrem Schlaf ergeben.
Dies sei der süßen Helena Geläut,
Und nun vergeßt sie. Sendet einen Ring
Als Brautgeschenk der schönen Magdalis;
Denn sie ist Eu'r. Wir wollen hier verweilen
Und unsers Witwers zweites Brautfest teilen.

Gräfin. Und beßres Glück, o Himmel, wollst du geben,
Sonst, o Natur, nimm mich aus diesem Leben!

Lafeu. Komm her, mein Sohn, der meines Stamms Gedächtnis
Forterben soll, gib mir ein Liebespfand,
Des Funkeln meiner Tochter Geist errege
Zu schneller Eil'. Bei meinem greisen Bart
Und jedem Haar drin: unsere Helena
War hold und reizend. Solchen Ring, wie den,
Als sie das letztemal erschien am Hof,
Trug sie an ihrem Finger.

Bertram. Diesen nicht!

König. Ich bitt Euch, laßt mich sehn, denn schon vorhin
Hat, als ich sprach, mein Aug' auf ihm geruht.
Der Ring war mein; ich gab ihn Helena,
Und schwur, wenn sie des Beistands je bedürfe,
Dies sei ein Pfand, daß ich ihr helfen wolle.
Wie nur vermochtst du, des sie zu berauben,
Was ihr am teuersten?

Bertram. Mein gnäd'ger Herr,
Obgleich es Euch gefällt, es so zu nehmen,
Der Ring gehört' ihr nie.

Gräfin. Sohn, ja! beim Himmel,
Ich sah, wie sie ihn trug; sie hielt ihn wert,
Mehr als ihr Leben.

Lafeu. Ja, gewiß, sie trug ihn.

Bertram. Ihr irrt Euch, gnäd'ger Herr, sie sah ihn nie.
In Florenz ward er mir aus einem Fenster
Geworfen, in Papier gewickelt, das
Die Geberin mir nannte; sie war adlig
Und hielt mich noch für frei. Doch da mein Schicksal
Gebunden war und ich ihr klar gezeigt,
Ich könne nicht in Ehren ihr erwidern,
Was sie von mir gehofft, entließ sie mich,
Nach manchem Kampf beruhigt. Doch den Ring
Zwang sie mich, zu behalten.

König. Plutus selbst,
Erfahren in Tinktur und Alchimie,
Kennt der Natur Geheimnis nicht vertrauter
Als ich den Ring. Ich schenkt' ihn Helena,
Gleichviel, wer ihn Euch gab. Drum, wenn Ihr wißt,
Daß Ihr von Euerm Tun Erinnrung habt,
Bekennt, so sei's, und welcher rauhe Zwang
Ihn Euch gewann. Sie schwur bei allen Heil'gen,
Sie woll' ihn nie von ihrem Finger lassen,
Wenn sie ihn Euch nicht gab' in ihrem Brautbett
(Wohin Ihr nie gekommen), oder schickt' ihn
Mir selbst in harter Not.

Bertram. Sie sah ihn nie.

König. Das sprichst du falsch, so wahr mir Ehre lieb!
Und weckst Argwohn und Furcht mir, der ich gern

Den Zugang wehrte. Wenn es sich erwiese,
Du seist so grausam – nicht wird sich's erweisen –
Und dennoch ahnet mir – dein Haß war tödlich,
Und sie ist tot. Nichts konnte, daß sie starb,
Mich überreden, außer wenn ich selbst
Das Aug' ihr schloß, so sehr als dieser Ring!
Führt ihn hinweg. Wie auch der Fall sich wende,
Nicht ohne Grund geb ich dem Zweifel Raum,
Der ohne Grund zu viel vertraute. – Fort!
Wir forschen weiter nach.

Bertram. Beweist Ihr erst,
Der Ring gehört' ihr je, dann leicht beweist Ihr,
Daß ich in Florenz ihr genaht als Gatte,
Wo sie doch niemals war.

(Bertram wird weggeführt.)

König. Ein düstrer Argwohn quält mich.

(Ein Edelmann tritt auf.)

Edelmann. Gnäd'ger Fürst!
Ich weiß nicht, ob ich unrecht tat, ob nicht:
Dies gab mir eine Florentinerin,
Weil sie um vier, fünf Posten Euch verfehlt,
Es selbst zu überreichen. Ich versprach's,
Bewogen durch die Anmut und die Reden
Der armen Bittenden, die jetzt, so hör ich,
Hier wartet. Wichtig scheint mir ihr Gesuch
Nach ihrer Miene und betrifft (so sprach sie
Mit wenig holden Worten) Eure Hoheit
Nicht minder als sie selbst.

König *(liest)*. – „Auf seine vielen Beteurungen, mich zu heiraten, wenn seine Gattin tot wäre (ich erröte, es zu sagen), gewann er mich. Jetzt ist der Graf Roussillon ein Witwer, seine Gelübde sind mir verfallen, und ich habe ihn mit meiner Ehre bezahlt. Er verließ Florenz heimlich, ohne Abschied zu nehmen, und ich folge ihm in sein Vaterland, um Recht zu finden. Gewährt es mir, o König; es steht völlig bei Euch; sonst triumphiert ein Verführer, und ein armes Mädchen ist verloren. Diana Capulet."

Lafeu. Ich will mir einen Schwiegersohn auf dem Jahrmarkt kaufen und verzollen, den hier mag ich nicht.

König. Der Himmel meint es gut mit dir, Lafeu,
Der dir's enthüllte. Schafft mir jene Fraun,
Geht, eilt, und führt den Grafen wieder her.
(Ein Edelmann geht mit einigen Dienern.)
Ich fürchte, Gräfin, Helena kam schändlich
Ums Leben!

Gräfin. Dann, Gerechtigkeit den Tätern!

(Bertram mit Wache tritt auf.)

König. Mich wundert, Graf, wenn Ihr die Fraun so haßt
Und flieht, sobald Ihr ihnen Treue schwurt,
Wie Ihr an Heirat denkt. Wer ist dies Mädchen?

(Ein Edelmann führt die Witwe und Diana herein.)

Diana. Ich Arme bin aus Florenz, gnäd'ger König,
Entsprossen von den alten Capulet.
Was mich hierherführt, hör ich, kennt Ihr schon,
Und wißt, wie sehr ich zu beklagen bin.

Witwe. Sie ist mein Kind, Herr. Ihrer Mutter Ehre
Und Alter kränkt die Klage, die wir bringen,
Und beide gehn zugrunde, helft Ihr nicht.

König. Graf, tretet näher; kennt Ihr diese Fraun?

Bertram. Mein Fürst, ich kann und will Euch nicht verbergen,
Daß ich sie kenne. Sagt, wes zeihn sie mich?

Diana. Warum blickt Ihr so fremd auf Euer Weib?

Bertram. Das ist sie nicht, Herr!

Diana. Wollt Ihr Euch vermählen,
So gebt Ihr weg die Hand, und sie ist mein,
So gebt Ihr weg den Schwur, und er ist mein,
So gebt Ihr weg mich selbst, und ich bin mein.
So unzertrennlich bin ich Euch vereint,
Daß, wer sich Euch vermählt, sich mir vermählt,
Uns beiden oder keinem.

Lafeu. Euer Ruf fängt an, zu schlecht für meine Tochter zu werden,
Ihr seid kein Mann für sie.

Bertram. Herr, dies ist 'ne verliebte, wilde Dirne,
Mit der ich einst gescherzt; heg' Eure Hoheit
Von meiner Ehre beßre Meinung doch,
Als daß Ihr sie so tief gesunken achtet.

König. Graf, meine Meinung ist Euch schlecht befreundet,
Bis Ihr sie neu verdient. Eu'r Leumund muß
Weit heller strahlen, als er jetzt erscheint.

Diana. Mein güt'ger Fürst,
Fragt ihn auf seinen Eid, ob er nicht glaubt,
Er hab' als Jungfrau mich gewonnen.

König. Sprich,
Was sagst du drauf?

Bertram. Herr, sie ist unverschämt;
Im Lager war sie jedem leichte Beute.

Diana. Er tut mir unrecht, König. War ich das,
Dann um ganz leichten Preis wohl kauft' er mich;
Glaubt seinen Worten nicht. Oh, seht den Ring,
Des hoher Wert und reiche Kostbarkeit
Nicht seinesgleichen findet. Und trotzdem
Gab er ihn an die leichte Lagerdirne.
Wenn ich es bin.

Gräfin. Errötst du? 's ist der Ring:
Sechs seiner Ahnherrn haben dies Juwel
Im Testament vererbt dem nächsten Sproß,
Und jeder trug und schätzt' es: 's ist sein Weib,
Der Ring zeugt tausendfach.

König. Mir scheint, Ihr sagtet,
Ihr kenntet einen Zeugen hier am Hof?

Diana. Das tat ich, Herr; doch ein Gewährsmann ist's,
Den ich mit Scham Euch nenn; er heißt Parolles.

Lafeu. Ich sah den Mann noch heut, wenn' der ein Mann ist.

König. Sucht ihn und bringt ihn her.

Bertram. Was soll er hier?
Er ist bekannt als ein treuloser Schuft,
Mit allen Makeln dieser Welt beschmutzt,
Dem's von Natur schon widert, wahr zu reden.
Und sollt' ich sein, wie er mich schildern wird,
Der aussagt, was man fordert?

König. Euern Ring
Besitzt sie doch?

Bertram. Ich glaube, ja; sie hat ihn.
's ist wahr, sie reizte mich; und nach dem Brauch
Verliebter Jugend macht' ich mich an sie.
Sie hielt sich fern und angelte nach mir,
Und schürte meine Glut durch Sprödigkeit
(Wie jede Hemmung in der Liebe Bahn
Die Liebe nur entflammt) und so, zuletzt,
Als List sich ihrem mäß'gen Reiz vereint,
Erreichte sie ihr Ziel. – Sie nahm den Ring,
Und ich erhielt, was jeder Untergebne
Wohl um den Marktpreis hätt' erkauft.

Diana. Ich schweige.
Ihr, der schon ein so edles Weib verstießt,
Schmält nun mit Recht auf mich. Doch bitt ich Euch
(Wie Ihr der Tugend, will ich Euch entsagen),
Schickt nach dem Ring; ich will ihn mit mir nehmen,
Und gebt den meinen mir.

Bertram. Ich hab ihn nicht ...

König. Was war das für ein Ring?

Diana. Mein Fürst, er glich
Ganz dem an Eurem Finger.

König. Kennt Ihr den Ring? Noch eben war er sein.

Diana. Und dieser war's, den ich ihm gab im Bett.

König. So war's ein Märchen, daß Ihr ihn dem Grafen
Aus einem Fenster zuwarft?

Diana. Wahrhaft sprach ich.

(Parolles tritt auf.)

Bertram. Den Ring, ich will's gestehn, besaß sie einst.

König. Ihr schwankt verzweifelt; jede Feder schreckt Euch!
Ist dies der Mann, von dem du sprachst?

Diana. Ja, Herr.

König. Erzähle, Mensch, und sprich die reine Wahrheit
Und fürchte nicht die Ungunst deines Herrn
(Die, bist du redlich, ich schon bänd'gen will),
Was trug sich zu mit ihm und diesem Mädchen?

Parolles. Mit Eurer Majestät Vergunst, mein Herr war jederzeit ein ehrenwerter Kavalier. Streiche hat er freilich gemacht, wie alle jungen Kavaliere sie machen.

König. Fort, fort, zur Sache: liebt' er dieses Mädchen?

Parolles. In der Tat, Herr, er liebte sie; aber wie?

König. Wie denn also?

Parolles. Er liebte sie, Herr, wie ein Kavalier ein Mädchen liebt.

König. Und das ist?

Parolles. Er liebte sie, Herr, und liebte sie nicht.

König. Wie du ein Schelm bist, und kein Schelm. Was für ein silbenstechender Gesell das ist!

Parolles. Ich bin ein armer Tropf und zu Euer Majestät Befehl.

Lafeu. Er ist ein guter Trommler, mein König, aber ein nichtsnutziger Redner.

Diana. Wißt Ihr, daß er mir die Ehe versprach?

Parolles. Mein Seel, ich weiß mehr, als ich sagen werde.

König. Aber wirst du alles sagen, was du weißt?

Parolles. Ja, zu Euer Majestät Befehl. Ich war ihr Zwischenträger, wie gesagt. Aber überdem liebte er sie, denn wahrhaftig, er war ganz verrückt um sie und sprach vom Satan und vom Fegefeuer und von den Furien, und was weiß ich noch alles. Aber ich war damals so gut bei ihm angeschrieben, daß ich wußte, wie sie miteinander zu Bett gingen, und von andern Dingen, als zum Beispiel, daß er ihr die Ehe versprach, und sonst noch manches, was mir schlecht vergolten werden würde, wenn ich davon spräche; darum will ich nicht sagen, was ich weiß.

König. Du hast schon alles gesagt, wenn du nicht etwa noch melden kannst, daß sie verheiratet sind. Aber du bist zu schlau in deiner Aussage; darum tritt beiseit.

Der Ring, sagt Ihr, war Euer?

Diana. Ja, mein Fürst.

König. Wo hast du ihn erkauft? Wer schenkt' ihn dir?

Diana. Er ward mir nicht geschenkt, noch kauft' ich ihn.

König. Wer lieh ihn dir?

Diana. Ich lieh ihn auch von niemand.

König. So sag, wo fandst du ihn?

Diana. Ich fand ihn nicht.

König. Wenn du ihn denn auf keine Art erwarbst,
Wie gabst du ihm den Ring?

Diana. Ich gab ihn nie.

Lafeu. Dies Mädchen ist ein williger Handschuh, mein Fürst, sie geht an und aus, wie man's verlangt.

König. Der Ring war mein, ich gab ihn seiner Frau!

Diana. Meinthalb der Eure oder auch der ihre.

König. Führt sie in Haft, ich will nichts von ihr wissen;
Geht, schafft sie fort, und führt auch ihn hinweg.
Gestehst du nicht, wie du den Ring erhieltst,
So stirbst du heut noch.

Diana. Nimmer sag ich's Euch.

König. Fort, sag ich!

Diana. Einen Bürgen stell ich Euch.

König. Nun glaub ich dich 'ne ganz gemeine Dirne!

Diana. Bei Gott, wüßt' ich von einem Mann, seid Ihr's.

König. Weshalb hast du bis jetzt denn ihn verklagt?

Diana. Herr, weil er schuldig ist, und doch nicht schuldig.
Er glaubt, ich sei nicht Jungfrau, wird's beschwören;
Ich weiß, ich bin noch Jungfrau, und in Ehren.
Nichts wahrlich kann als niedrig mich beweisen:
Bin ich nicht Jungfrau, bin ich Weib des Greisen.
(Auf Lafeu zeigend.)

König. Sie höhnt uns nur, drum ins Gefängnis, fort!

Diana. Geht, liebe Mutter, holt den Bürgen mir.
(Die Witwe geht.) Sie ruft den Juwelier, des Ringes Eigner,
Der leistet Sicherheit. Doch diesen Herrn,
Der mich entehrt hat, wie er selber weiß
(Obschon er nie mich kränkte), Sprech ich frei.
Er war in meinem Bett, so muß er denken,
Doch wird sein Weib ihm einen Erben schenken.
Zwar tot, fühlt sie der Liebe Frucht sich heben –

Das ist mein Rätsel: die Gestorbnen leben.
Hier seht die Lösung.

König. Ist kein Zaubrer hier,
(Helena wird hereingeführt) Der meiner Augen treuen Dienst berückt?
Ist's wirklich, was ich seh?

Helena. Nein, teurer Fürst;
Ihr seht hier nur den Schatten einer Frau,
Den Namen, nicht das Wesen.

Bertram. Beide, beide!
O kannst du mir verzeihn!

Helena. O lieber Herr,
Als ich noch diesem Mädchen ähnlich war,
Fand ich Euch wunderzärtlich! Dies der Ring,
Und seht, hier ist Eu'r Brief. So schriebt Ihr damals:
„Wenn Ihr den Ring gewinnt von meinem Finger
Und tragt ein Kind von mir“ – dies ist gelungen;
Seid Ihr nun mein, so zwiefach mir errungen?

Bertram. Kann sie, mein König, dies beweisen klar,
Lieb ich sie herzlich, jetzt und immerdar.

Helena. Du sollst es wahr und zweifellos erkennen,
Sonst mög' uns Scheidung bis zum Tode trennen. –
O teure Mutter, find ich Euch am Leben!

Lafeu. Meine Augen riechen Zwiebeln, ich werde gleich weinen. *(Zu Parolles.)* Lieber Trommelhans, leih mir dein Schnupftuch. So, ich danke dir, du kannst mich nach Hause begleiten. Ich will meinen Spaß mit dir haben. Laß deine Bücklinge, sie sind kläglich.

König. Ihr sollt mir's noch von Punkt zu Punkt erklären,
In Wonn' entzückt werd' ich die Wahrheit hören.
(Zu Diana.)
Bist du noch Mädchenblume, wähl dir morgen
Den Gatten! für den Brautschatz will ich sorgen.
Ich merke, dein Bemühn und züchtig Walten
Hat sie als Frau, als Jungfrau dich erhalten.
Das Weitre und des Hergangs ganze Kunde
Erforsch ich näher zu gelegner Stunde.
Gut scheint jetzt alles, mög' es glücklich enden
Und bittres Leid in süße Lust sich wenden.

(Alle gehn ab.)

Epilog

(vom König gesprochen)

Der König wird zum Bettler nach dem Spiel;
Doch ist das Ende gut und führt zum Ziel,
Wenn's euch gefällt; wofür euch Tag für Tag
Der Bühne treulich Streben zahlen mag.
Schenkt uns Geduld; wenn wir gefehlt, verzeiht,
Uns sei die Hand, euch unser Herz geweiht.